Es muss etwas passieren

Evelyn Reimann

Es muss etwas passieren

Verlag Johannes Petri

MIX
Papier aus verantwortungsvollen Quellen
FSC® C068066

Umschlaggestaltung: Thomas Lutz
Umschlagfoto: Dominic Büttner, Zürich
Gesetzt aus: Bembo
Lektorat: Satu Binggeli
Gesamtherstellung: Schwabe AG, Druckerei, Basel/Muttenz
Printed in Switzerland
ISBN 978-3-03784-100-6

www.verlag-johannes-petri.ch

Ich danke dem Bestattungsdienst Biaggi und dem Studentenwohnheim am Goetheanum

Sämtliche Geschichten rund um das Bestattungswesen basieren auf wahren Begebenheiten.

Inhalt

Aber wie ganz anders wird es uns dünken wenn diese Verfinsterung vorbei, und der Schattenkörper hinweggerückt ist. Wir werden mehr genießen als je, denn unser Geist hat entbehrt.

Novalis, Blüthenstaub

1. Ihr stört

Mit 36 Jahren legt sich jeder Traum ins Bett und stirbt.
Die fühlenden Jahre sind vorbei. Das Seelenkino schliesst seine Tore. Die übriggebliebene Realität ist schmal. Du selbst bleibst alleine zurück. Emotionslos.

Der Krankenwagen fährt in temporeicher Zickzackfahrt durch die dunklen Strassen. Emily liegt auf der Bahre und schwebt zugleich darüber. Als spielte sich mein Leben nur in meiner Vorstellung ab …, denkt sie. Wirklich real ist das niemals. Wenn die Vorstellung zu Ende geht, wird dann die Bühne abgeräumt? Passiert dann, was *eigentlich* hätte passieren sollen?

Sie dämmert hinweg in den mit Schlafmitteln lahmgelegten Körper hinein. Nur die Stimmen um sie herum bleiben intakt, die in routinierter Ernsthaftigkeit medizinische Anweisungen erteilen.

Ihr stört, denkt es in Emily gereizt. Und diese Reizung hindert sie, vollständig in die geborgene Dämmerung ihres bewusstlosen Körpers abzutauchen.

In der Notaufnahme will sie die Augen öffnen. Es gelingt mässig. Die Lider liegen zu schwer zum Heben. Komische Palmen stehen in der Ecke. Menschen? Die Palmen montieren jetzt Schlangen. Oder hurtige Hände Schläuche? Wozu geben sie sich so viel Mühe? Lasst es doch!

Auf einmal wird sie mit einem rabiaten Ruck aus dem Körper katapultiert. Sie schwebt mit glasklarem Blick an der Zimmerdecke und bewundert die geschickten Menschen, die sich um ihren Körper kümmern. Ihre Gedanken weben eine Art Poesie über den Kreislauf von Leben, Tod und wieder Leben. Gewaltige langobardisch aussehende Flechtbänder entstehen, an deren Ende ein schwarzes Loch klafft – wie wehende Regenbogen, die in die dunkle Nacht hineinsausen. Die Dunkelheit saugt alle Flechtbänder auf. Das Licht verschlingt sich selbst.

Bevor es erlischt, findet sich Emily plötzlich wieder in ihrem Körper vor. Viel zu eng, alles drückt. Der Druck nimmt zu, ihr Bewusstsein nimmt ab. Weg ist sie.

Als Kind wächst Emily in Zürich Enge bei ihrer Mutter auf, einer zu viel beschäftigten Grafikerin. Sie wächst also alleine auf. Einsam fühlt sie sich aber kaum, denn eine neue Familie findet sie in einer inneren Welt, die schon immer da war. Die äussere Welt mit ihren Schulen, Festen und Ablenkungen erledigt sie wie nebenher. Eine lästige Pflicht, um sich hernach wieder dem inneren Reich zu widmen.

Irgendwann wird die äussere Welt so laut, während die innere verblasst, dass Emily draussen hängenbleibt und sich einsam wie alle anderen fühlt. Eine ganz normale Entwicklung also. Nichts Auffälliges.

Als Jugendliche wird Emily von grossen Zukunftsträumen getragen. Ihre Lehrer sind sich einig: Um die Verheissungsvolle müsse man sich keine Sorgen machen. Die beschreite zielstrebig ihren Weg und entfalte ihr Potential wie ein Schmetterling auf dem Weg zum Höhenflug.

Das tut sie aber nicht. Und jene Schüler, denen man nichts zugetraut hat, tun es anstelle.

Nach der Schule flammen nochmals grosse Ideale in ihr auf. Sie schafft den Numerus clausus und beginnt ein Medizinstudium. Im Sommer vor der ersten Prüfung sitzt sie acht Stunden pro Tag vor mehreren Karteikästen voller chemischer und physikalischer Formeln. Wie sinnloses Laub lässt sie diese auf ihr Kurzzeitgedächtnis tröpfeln – der Herbstwind nach Prüfungsende würde die Blätter wieder mit sich wehen. Sie kommt sich vor wie an einem intellektuellen Fliessband. Eine eiserne Kraft will ihr Denken in eine schmalspurige Sackgasse pressen.

«Da muss man durch, um sich danach erst richtig zu befreien», meint ein Mitstudent abgeklärt.

«Man geht freiwillig ins Gefängnis, um danach eine aufgezwungene Freiheit zu erlangen?» Emily stutzt.

«Ein Gummiball, den man zusammendrückt, kann danach umso rebellischer seine Form zurückerlangen.»

Also paukt Emily weiter, um mit ihrem Kurzzeitgedächtnis dem Gebieter der Vergänglichkeit als Mahlzeit zu dienen. Was hat ihre Paukerei für einen Sinn? Sie verfüttert bloss medizinische Formeln an eine Zukunft mit abgelaufenem Verfallsdatum.

Im zweiten Sommer schleift sie ihre Gehirnmasse an Karteikästen voller Zellpräparate wund. Nur das Fach Anatomie hält sie am Leben. Zu sechst schnipseln sie an einer Leiche rum, als ginge es um einen verborgenen Schatz. Ein mexikanischer Austauschstudent findet das Vorgehen ziemlich laienhaft. Bei ihnen wäre es normal, sich eine Leiche auf dem Schwarzmarkt zu besorgen, um im Selbststudium gründlichere Anatomie vorzunehmen.

Am meisten faszinieren Emily die Abdankungsfeiern mit den Körperresten der sich zu medizinischen Studienzwecken zur Verfügung gestellten Verstorbenen. Da strömt endlich wieder Leben in die Wüstenstudienlandschaft.

Im dritten Jahr klappt sie die Bücher zu und kündigt freiwillig – zum Unverständnis des Professors: «Sie haben genügend Leistung erbracht. Was wollen Sie jetzt in der Halbzeit abbrechen?»

Emily weiss es nicht und erzählt stattdessen: «Ich träumte mehrmals, meine Schuhe seien zwei kleine Pudel. Den einen konnte ich locker anziehen, der andere rannte dauernd davon. Ort des Geschehens: der Eingang der medizinischen Fakultät. Ich war intensiv damit beschäftigt, draussen meinen zweiten Pudelschuh zu finden, während die anderen drinnen studierten. Irgendwas muss ich also suchen gehen.»

Nach dem Studienabbruch taucht sie überall ein und doch an allem vorbei, denn Bleiben ist nirgends. Mal hier, mal da eingestiegen, mal länger hängengeblieben, mal arbeitslos geschrieben. Schliesslich der gutbezahlte Job bei einer Versicherung. Weder interessant noch uninteressant. Einfach so lange, bis das Ihrige (oder *der* Ihrige) kommen würde.

Emily ist inzwischen eine 36-jährige Frau, die ganz normal zum Frühstück ein Butterbrot isst, ganz normal zur Arbeit geht, ganz normal Yogastunden besucht und ein paar Freunde trifft, die wiederum genauso normal ein Butterbrot zum Frühstück essen, zur Arbeit gehen und Yogastunden besuchen. Abends legt sich Emily auf die Matratze, um morgens wieder ein Butterbrot zu essen, zur Arbeit zu gehen und Yogastunden zu besuchen. Alles soweit normal.

Was ist eigentlich normal?

«Normal ist nüchtern», würde Emily sagen. «Man kommt als Geburtstagskerzlein auf die Welt. Die Flamme wird grösser und kräftiger, leuchtet in der Jugend jubilierend vor Ideen auf, verzehrt sich aber mit der Zeit selbst, da Träume sich an der Wirklichkeit versengen, und sackt schliesslich in den Geburtstagskuchen ab, wo man sich satt essen kann und trotzdem immer Hunger hat.»

Der zunehmende Unterschied zwischen Emily und dem Normalen ist, dass ihre paar wenigen Freunde das Butterbrot zum Frühstück bald nicht mehr alleine essen, sondern zuerst zu zweit, bald auch zu dritt, gar zu viert. Nur in Emilys Leben passiert nichts, und sie isst ihr Butterbrot alleine vor einer abbrennenden Kerze.

«Vielleicht passt es schon. Man kann schliesslich nicht einfach mal schnuppern, ob man für Nachwuchs taugt und ob es dem bei einem gefällt. Kein Rückgaberecht auf Kinderschaft.»

«Du kannst nicht mal auswählen, was geliefert wird. Vielleicht wird dir dein grösster Feind in die Wiege gelegt», doppelt eine alleinerziehende Freundin überfordert nach, mit je einem kreischenden, einem quengelnden und einem schmollenden Sprössling um ihre Beine herum. Auch sie ist normal. Und normal bedeutet nüchtern. Die Nüchternen sind die Unerwartenden, die Traum-Entmystifizierten. Enttäuschungen sind Wirklichkeitsreiniger und daher für sie willkommen. Das, was ist, ist, und mehr ist nicht. Amen.

Nur manchmal jammert Emily ihrem einsamen Spiegelbild die Ohren voll. «Diese langweilige Schicksalsblockade! Man muss aktiv werden.»

Per Internet sucht sie guten Mutes einen Partner. Völlig vergeblich. Viel zu viele aktive Amazonen, die sich um die paar wenigen Männer prügeln. Und wenn man endlich mal ein Date mit einem Herrn ergattert, hat man das Herz nicht auf demselben Stockwerk.

Im Traum steht Emily vor einem Paternoster-Aufzug – offene, fahrende Kabinen, in die man reinspringen kann, um sich nach oben oder unten befördern zu lassen. Männer fahren an ihr vorbei, hoch und runter, aber sie sehen Emily partout nicht. Immer wenn einer durchfährt, wendet er just im entscheidenden Moment den Blick ab, schnäuzt gedankenverloren in ein Taschentuch oder studiert sein iPhone. Oder es steht eine Tussi wie ein geschminkter Gartenzaun vor ihm und plärrt frech heraus: «Den darfst du nicht lieben, weil *ich* den schon liebe!» Als ob sie ein Stück besetztes Grundstück verteidigte.

Emily wendet nun selbst den Blick ab, aber dort lauert nur Einsamkeit. Also schwenkt sie den Blick wieder zurück. Im fahrenden Paternoster-Lift werden jetzt Särge transportiert. Manche sind offen, und die Toten schauen Emily direkt in die Augen. Sie erschrickt dermassen, dass sie aus dem Traum herausfällt.

Daraus folgert sie, dass die Warterei auf einen passenden Partner zu nüchtern mache, um sich noch verlieben zu können. Verliebensfähige müssen noch an irgendetwas glauben können, auch wenn es nur die Zukunft ist. Erüchterte sind dieser Tugend nicht mehr habhaft.

Nach sechs treuen Versicherungsjahren wird Emily innerhalb von sechs Minuten der Job gekündigt. Interne Umstrukturierungsmassnahmen zugunsten einer Budgetsanierung, sorry! Man brauche sie nicht mehr.

Emily erwartet, dass in ihr nun eine Emotion als Reaktion an der Reihe wäre. Aber unbeirrt sachlich und irgendwie losgekoppelt vom Erleben verlässt sie das Versicherungsgebäude, in das sie ja vor sechs Jahren nur deswegen reingeschlüpft ist, um auf das Ihrige (oder *den* Ihrigen) zu warten.

Draussen das knarrende Geräusch einer Kinderschaukel. Es erinnert sie daran, wie auch sie als Kind auf einem Stückchen Plastik an zwei Seilen hoch in die Lüfte geflogen war, um weit über sich hinauszuwachsen.

Nach der Kündigung geht sie ins Bett. Morgen würde sie dann weiterschauen. Sie versumpft in leinenlosen Gedanken, bis der Abend naht. Die ganze Nacht hindurch putzt sie ihre Wohnung. Als der Morgen heranrückt, geht sie wieder ins Bett, um nicht in ein zukunftsleeres Loch blicken zu müssen. Die Gedanken stochern wie Tatzen wilder Raubkatzen durchs Käfiggitter. Es gibt kein Entrinnen.

Einige Wochen lang sucht sie halbwegs motiviert einen neuen Lebensfaden. Aber die Fäden, an denen sie zieht, sind allesamt lose, weder mit Sinn noch mit einem Ziel verbunden. Sie schämt sich ihrer eigenen Unfähigkeiten und geht wieder ins Bett – dieses weiche Stückchen Schaumstoff, der einzige Freund.

Für jeden Kontakt zu einem Menschen muss sie zuerst eine Wand aus Furcht und Selbstzweifel überwinden. Also 08/15-Normalität, denn die Mehrheit der Menschen steckt doch ehrlich gesagt irgendwo sockentief in der Angst. Ihre Wohnungstür öffnet sie daher nur nachts, um an der Tankstelle Fertigrisotto und Abpackzopf zu besorgen. Zusammen mit den immer gleichen

Alkis. Man kennt sich mittlerweile, auch wenn Emily in einem Parallel-Elend steckt. Keine Theorie über Heimatlosigkeit. Aber die Realität.

Nur Emilys Fenster bleibt auch tagsüber offen, um die einsame Monotonie des Kühlschranksummens mit Motorenlärm zu übertönen.

Einmal noch kreuzt die überforderte Kollegin mit den drei Kindern auf.

«Mitte dreissig sein zu müssen ist wirklich ein unseliger Zustand», bestätigt sie. «Man hat Pickel *und* Falten, und etwas Präsentables ist man auch sonst nicht geworden.» Sie tritt ans Fenster und betrachtet schwermütig die Häuser auf der gegenüberliegenden Strassenzeile. «Auch wir wohnen in so einem Endzeithäuschen.»

«Endzeithäuschen?»

«Nett in Reih und Glied, blickeinladend grosse Glasscheiben, aber der Fernseher bleibt doch das meist gebrauchte Fenster.»

Plötzlich: Handy klingelt, Kind quengelt.

Wenn sich Emily in ihrer Schwunglosigkeit durch die Strassen schleppt, muss sie durchwegs daran denken, dass laut Quantenphysik die materielle Welt gar nicht existiert. Da ist kein Stuhl, kein Tisch, kein Mensch. Alles blosse Kraftanhäufungen. Und doch tut jeder so, als ob die Objekte real in dieser Form existieren, wie sie sich präsentieren. Sie selbst ist ebenfalls nur eine Kraftanhäufung, mehr nicht. Der Rest ist Getue. Jedem modernen Gehirn ist klar, dass es die Welt lediglich selbst konstruiert. Ob dahinter noch eine Wirklichkeit liegt oder nicht, darüber weiss niemand so genau Bescheid.

Nur die Leute im Film wissen mehr. Mit Red Bull und Schokolade steht Emily eine DVD nach der anderen durch. Eine Stelle in einem *Jane-Eyre*-Film hat es ihr besonders angetan. Das eine Aschenputtel-Mädchen sagt zum anderen: «Es gibt eine unsichtbare Welt um dich herum, ein Königreich von Geist. Kannst du es nicht sehen?»

Leider nein, und die Schokofolie raschelt zwischen Emilys Händen. Und der Gedanke: Als Aschenputtel kann man nicht sein, was man ist. Aber was, wenn man gar nichts ist?

In Emily schlurfen stets dieselben emotionslosen Leute dieselben ausgeleierten Gedankengänge entlang. Gegen aussen lieber nur sparsam ein Lächeln verteilen. Was will man nett das Schaufenster dekorieren, wenn gar keine Ware mehr im Laden ist?

Lustlos zappt sie von Internetseite zu Internetseite und entdeckt, dass gemäss der Weltgesundheitsorganisation die durchschnittliche Lebenserwartung eines Menschen weltweit bei 73 Jahren liegt. So viel! Eine Homepage bietet freundlicherweise einen Lebenserwartungsrechner für Mitteleuropa an. Emilys Daten ergeben ihren statistischen Todestag: der 1. September 2063. Was sollte sie also bei allem nüchternen Irrsinn in diesen verbleibenden 49 Jahren noch anstellen? So viel Zeit und so wenig Leben …

Wieder schleicht sie in dieser namenlosen Erschöpfung durch die dunkle Stadt und studiert alle Toten, die traumlos einer Sache nachjagen, weil es zu ihrer Routine gehört. Auch Emily ist Bürgerin des Totenreichs. Die Wirklichkeit der Lebenden und jene der Toten durchdringen sich ganz selbstverständlich in ein und demselben Raum. Die Lebenden, die noch Träume hegen wie aufblühende Kirschbäume, und wir Toten mit unseren Leben wie verräuchelnde Asche …

Sie schluckt eine Schlaftablette, um sich selbst im Schlaf das Vergessen über ihr Schicksalsbrachland zu träufeln. Morgen wird bestimmt etwas Durchgreifendes passieren. Und wenn die Zukunft jetzt schon nichtssagende Vergangenheit ist? Zur Sicherheit greift sie nochmals nach den Schlaftabletten. Der Mensch ist nicht mehr als das gläserne Gehäuse einer Sanduhr, die Vergangenheit in Zukunft und Zukunft in Vergangenheit umschüttet. Hin und her und doch nicht wirklich an der Zeit beteiligt. Als Aus-der-Zeit-Herausgesperrte schwankt sie zu ihrem Medikamentenschrank und leert ihn. Dann öffnet sie die Haustür, um über die Schwelle ins Unsichtbare zu gleiten.

Mit einem Ruck erwacht sie, weil man sie ersticken will. Drei Schwestern der Intensivabteilung plus ein Arzt müssen sie in ihrem vermeintlichen Lebenskampf festgurten, um den Intubationsschlauch zu halten, der Emilys Atmung während ihrer Abwesenheit gesichert hat. Nachdem der Beatmungsschlauch entfernt ist, nimmt sie einen durchlüftenden Atemzug, um sofort aufzustehen und sich wieder in ihrer Mansarde zu verschanzen.

«Halt, halt!», rufen die Schwestern. «Zuerst geht's in die Ausnüchterungsstation.»

«Danke, ich bin nüchtern genug.»

Als Antwort bekommt sie einen Becher Aktivkohle verabreicht – ein schwarzer Brei zur Entgiftung. Sie denkt: Gut, ich trinke den Kelch bis zum bitteren Ende, würgt die Brühe hinunter und will gehen. Sie stört hier nur – wie überall. Aber sie wird unbeachtet samt Bett in eine Kabine geschoben, die Vorhänge gehen rabiat zu: und jetzt ausnüchtern!

Irgendwann nimmt sie den Ständer mit dem Tropf, an dem sie hängt, und schleicht in den Gang hinaus. Dort kommt ihr ein uralter Mann entgegen, ebenfalls mit Stange und Tropf. Er fragt in charmant englischem Akzent: «Möchten Sie tanzen?»

Da muss Emily entzückt lachen – vielleicht zum ersten Mal seit Monaten.

Eine nette Ärztin klopft an und setzt sich an ihr Bett. Sie versucht Emily einen Klinikaufenthalt schmackhaft zu machen, um aus der Krise auszusteigen – was Emily als sinnlos einstuft. Da entgegnet die Ärztin noch netter, Emily dürfe freiwillig die Klinik wählen. Ansonsten würde sie per Fürsorglichem Freiheitsentzug eingeliefert. Also wählt Emily einmal mehr aus freien Stücken das Gefängnis.

2. Die Öffnung in der Geschlossenen

In der geschlossenen Abteilung der Psychiatrischen Klinik Burghölzli Zürich gibt es keine Messer. Nur harmloses Plastikbesteck, das dauernd abbricht.

Ein Patient in Shorts läuft an Emily vorbei durch den Korridor. Vom rechten Arm, vermutlich über den ganzen Rücken, bis zum linken Bein verläuft ein Stacheldraht-Tattoo. Auch er ein Gefangener seiner selbst und somit ein Normaler.

Ein Gott in Weiss tritt auf sie zu und stellt sich als Doktor Schindler vor. Er ist nicht nur ungemein gutaussehend, sondern auch in etwa gleich alt wie Emily, was sie beunruhigt. Ich bin alt geworden – die Ärzte sind jetzt schon in meinem Alter!

Noch etwas benommen vom Schierlingsbecher stolpert sie hinter dem Schönling her. Er lädt sie in sein Sprechzimmer ein, um das Aufnahmeprozedere durchzuführen.

Eine edle Pendeluhr tickt aufsehenerregend. Vor Irritation über diese aufoktroyierte Zeit, die sie gar nicht haben will, würde Emily am liebsten eigenzahnig das Pendelseil durchbeissen. Der Doktor ist glücklicherweise ein aufmerksamer Typ. Unaufgefordert hält er mit dem Zeigefinger die Uhr an. Emily seufzt innerlich erleichtert auf.

«Die ist noch aus Carl Gustav Jungs Vermächtnis», erklärt er stolz und tätschelt der Verstummten auf ihr Zeitgehäuse.

«Ah ja!», tut Emily pseudo-interessiert.

«Unten in den Kellerräumen werden Jungs Möbel aufbewahrt. Zu jung fürs Museum, zu edel für den täglichen Gebrauch vergammeln sie in einem Abstellraum. Diese Dame hier habe ich gerettet und mit Liebe wieder zum Ticken gebracht.» Verhätschelnd fährt er ihren runden Formen entlang und berührt das Pendel, bis sie wieder zu ticken beginnt.

Mein Gott, er braucht dringend eine Frau!, denkt Emily und fragt herrisch: «Können wir das Ungetüm jetzt wieder abstellen?»

Er tut lächelnd, wie ihm geheissen.

Als sie sich schliesslich gegenübersitzen, kommt sich Emily wie auf einem Beichtstuhl vor, was sie seltsamerweise angenehm anmutet. Sie ist zumindest nicht mehr allein. «Ich schluckte eine Schlaftablette, um die sinnlose Latscherei meiner Gedanken anzuhalten. Ungefähr wie diese Pendeluhr. Immer dieselbe Route. Aber das Tablettchen nützte nichts. Ich konnte nicht aus dem Körper heraus in den Schlaf hineinschlüpfen. Darauf stockte ich die Dosis auf. Da schliefen mir die Beine ein, was mich noch wacher machte. Am Ende nahm ich die ganze Packung, und aus heiterem Himmel leerte ich noch den Medikamentenschrank.»

«Aus heiterem Himmel?»

«Eigentlich gab es gar keinen Himmel mehr.»

«Sie wollten das Leben herausfordern, um es zum Sprechen zu bringen?»

«Es spielt keine Rolle, ob ich es herausfordere oder nicht, es passiert sowieso nichts. Ich habe das Leben verpasst. Stehe auf dem Abstellgleis. Dort heisst es: Stirb *ohne* Werden!»

Der Doktor tut, als studiere er die Akten, obwohl nichts drinsteht. «Ich denke, Sie leiden unter einer Depression», kommt es schliesslich entgegenkommend aus ihm heraus.

«Ich?! Das glaube ich nicht. Ich bin normal. Die meisten Leute haben heute eine Depression. Das gehört doch zum Grundrepertoire des hiesigen Daseins.»

Als ob er zuerst an dieser Bemerkung riechen müsste, reibt er sich die Nase. «Angesichts dessen, dass jeder fünfte Mensch mindestens einmal in seinem Leben an einer behandlungsbedürftigen Depression erkrankt, sind Sie durchaus normal. Sollen wir uns auf die umgängliche Begrifflichkeit ‹Midlife-Crisis› einigen?»

«*Jetzt* schon eine Midlife-Crisis?»

«Sie sind 36.»

Wenn die Pendeluhr hätte ticken dürfen, dann wäre jetzt ihr Part gewesen. Aber so sitzen sie leicht unbequem in einer massigen Stille.

Ob auch er insgeheim an einer Midlife-Crisis nagt?, wundert sich Emily. Er ist schliesslich in demselben zukunftslosen Alter. Etwas ratlos malt er kleine Kreise auf die schweigenden Aktenränder, was ihn irgendwie sympathisch macht. Auch er weiss nicht so genau, was zu tun ist. Wer weiss das schon …? Alle sitzen wir im gleichen Boot – im Menschenboot. In überhasteter Fahrt jagen wir über die Lebensoberfläche, aber es passiert gar nichts.

«Oder haben Sie schon mal was passieren sehen?» Letzteres spricht sie laut aus. Der Aktenverzierende schaut verdutzt hoch. Emily tut es leid. «Ich meine, lief schon mal ein Wunder vor Ihren Augen spazieren?»

«Also, da müsste ich zuerst darüber schlafen.»

Zumindest versucht er ihr nicht therapeutisch-strategisch weiszumachen, jede Blume sei ein Wunder. Solche Nummern ziehen bei Mittdreissigern nicht mehr. Die sind schliesslich ausgenüchtert bis in die Wurzeln runter... «Ist man Mitte dreissig eigentlich eine U-40erin oder eine Ü-30erin?», fragt sie weiter.

«Diese Frage ist dieselbe wie jene, ob das Glas halb voll oder halb leer ist.»

«Und wenn überhaupt kein Wasser mehr im Glas ist?»

Die abgemurkste Pendeluhr hätte jetzt wie wild ticken sollen. Stattdessen reicht der Doktor ihr die Hand: «Ich hoffe, es wird Ihnen bei uns gefallen.»

Er kommt Emily vor wie der Pilot einer Überseemaschine, der seine durchgeknallte Gästeschaft an Bord begrüsst. Anstandshalber tippt sie mit dem Finger das Pendel von C. G. Jungs Zeitenmacherin an und verlässt das Kabinett.

Von nun an läuft es immer gleich ab. Wenn Emily in des Doktors heiliges Räumchen einrückt, stellt er mit dem Zeigefinger die Zeit ab. Wenn sie sodann in der Zeitlosigkeit genug Zeit geboren haben, steht Emily auf und stellt die Zeit wieder an, bevor sie hinaustritt. Was sie eigentlich besprochen haben, ist ihr oft nicht mehr allzu präsent. Aber irgendeine Wirkung auf irgendeiner Ebene erzeugt jede ernsthafte Bemühung um Begegnung.

Die meisten Klienten hier drinnen erscheinen Emily normaler als Normale. Wachgeprügelt durch die Peitschen des Lebens. Da ist zum Beispiel Ariane, ihre Zimmernachbarin mit den vernarbten Armen. Sie begrüsst Emily mit den Worten: «Hallo Heldin!»

In Arianes Weltbild ist jeder Mensch ein Held. Allein schon aufgrund der Tatsache, dass er auf diese Welt gekommen ist. Schnell erfährt Emily vertrauliche Angelegenheiten über Ariane, die gemütlich mit einem Stoffesel auf dem Kopfkissen sitzt. Ihr Esel sei ihr wie ein tröstendes Taschentuch. «Also nicht so eines, wie es einem die Seelenheiler sofort unter die Nase schieben, wenn man endlich mal weinen könnte. Ich habe auch schon mal einem Seelenheiler sein blödes Tuch zurückgefegt mit der Bitte, mich jetzt gopfredstutz endlich mal weinen zu lassen.»

Früher habe sie nur deswegen geweint, um Kalorien zu verbrauchen. Danach habe sie nur noch gegessen, weil Essen einen nicht verletze und man sich trotzdem mit etwas Irdischem verbinden könne. Nach dieser Phase habe sie wieder das Geistige gesucht, nicht im Kühlschrank, sondern im Licht. Mit Lichtnahrung wollte sie in eine neue Dimension des Daseins! Aber darauf taten ihr die Pflanzen und Bäume leid, die sich so viel Mühe gäben, um beispielsweise latzhosenrote Äpfel zu kreieren, während der lichtessende Mensch sie achtlos liegen liesse. Wie traurig die Schöpfung dann sei! Da habe sie gedacht, das könne es auch nicht sein mit ihrem Licht. Seitdem suche sie ein Mittelmass, was viel schwieriger zu handhaben sei, als in Extremen zu schwelgen.

«Was hältst du denn von unserem Doktor Schiwago?», fragt sie Emily.

«Schiwago? Heisst der nicht Schindler?»

«Das sagt er doch bloss, aber der ist niemals ein Schindler. Schau ihn doch an, verdammt reizvoller Kerl! Vermummt sich im weissen Kittelchen, weil er den sinnlichen Poeten in sich fürchtet.» Arianes Augen leuchten heiss. «Aber geschmeichelt fühlt er sich alleweil ob dieser Anrede.»

Ariane liebt die grossen Dichter, die um der Kunst willen übermenschlich gelitten haben. Und vor dem Schlafengehen liest sie immer in der *Gute-Hoffnung-Bibel.* Auf ihren faszinierend vernarbten Armen ist die Zeit zum Raum geworden. Eine Vorliebe für Messer behält sie bei. Emily fallen fast die Augen auf den Teppich, wie sie Arianes kostbare Messersammlung begutachtet, streng verborgen gehalten in einem doppelbödigen Kofferfach unter dem Bett. Und das in der Geschlossenen! Vor Stolz glänzt Arianes Gesicht wie ihre scharfen Waffen.

Emily nickt überrumpelt und wendet ihre Aufmerksamkeit dem Auspacken ihrer Tasche zu. Ariane verlässt schweigend das Zimmer und kollabiert im Korridor. Ob wirklich oder vorgetäuscht, ist nicht so genau auszumachen. Auf jeden Fall kippt sie wohl regelmässig und gerne direkt vor dem Stationszimmer in die Horizontale. Liegt es an einem Blutzucker- oder einem Liebesmangel? In beiden Zuständen ist sie bleich. Sie braucht einfach ein bisschen mehr Aufmerksamkeit als die übrigen. Das hat sie zugute, denn sie kämpft tapfer für ihr Dasein.

Als Kauffrau ist sie an einem geschützten Arbeitsplatz tätig und braucht manchmal noch mehr Schutz in der Geschlossenen. Schutz vor was eigentlich? Vielleicht vor sich selbst.

Die geheimen Messer in Arianes Koffer beunruhigen.

Dann ist da Rolf, der sich gerne für ein Schwätzchen zu Ariane und Emily gesellt, so dass die drei bald eine Art ‹Genesungsclique› bilden.

Rolf hat die Eidgenössische Technische Hochschule Zürich in *Theoretical Computer Science* absolviert und seinen Master mit der Bestnote abgeschlossen. Danach sei er per Geisterbahn in eine Parallelwelt verreist. Ja, ja, die virtuellen Welten seien ihm buchstäblich zu Kopf gestiegen, bis dieser zerplatzte. Er habe zu jenen gehört, die nicht mehr aus dem Fenster schauen, wenn sie die Wetterverhältnisse studieren wollen, sondern im Internet bei meteo.ch nachgucken, was Petrus vor dem Fenster für Wetter aufgehängt habe.

Er lässt Kartoffelchips zwischen den Zähnen krachen. Zärtlich nennt er sie ‹meine Hostien›. Seine Lieblingstiere seien Hummeln. «Pummelige Kerle, aber abheben können die bis fünftausend Meter hoch und erst noch mit Tempo 20! Die Form verrät nicht immer das Wesen.»

Rolf ist breit, bleich und beispiellos lieb. Die Geschlossene ist für ihn nichts anderes als ein Kloster: «Man verbringt den ganzen Tag innerhalb der Mauern, isst zusammen und werkelt ansonsten in seinem Innenraum herum, bis hoffentlich irgendwann ein Durchbruch zu höheren Gebieten hergestellt ist. Zwischendurch ist man hie und da ein bisschen verrückt. Ob du nun Gespräche mit einem Abt oder einem Arzt führst, ist doch einerlei. Es lebe das moderne Kloster!»

Zum Programm der geschlossenen Abteilung gehört die Stabilisierungsgruppe, wo imaginative Übungen fürs Krisenmanagement erlernt werden. Eine Therapeutin führt die Patienten mit ruhiger Stimme auf eine innere Reise, um deren Selbstheilungskräfte zu aktivieren.

Die erste Sequenz heisst ‹Baumübung›. Die Patienten sitzen möglichst entspannt da, während sie sich ihre Füsse als Halt gebende Wurzeln vorstellen und das Haupt als eine Baumkrone, die von der Sonne genährt wird. Im günstigen Fall sucht jeder Patient innerlich einen Baum auf, mit dem er eine Verbindung eingehen will.

Ungünstigerweise mischen sich in Emilys Vorstellung nicht nur *ein* Baum, sondern Dutzende mit ein. Die ganze Sitzung hindurch kämpft sie gegen Überforderung und ein schlechtes Gewissen, weil sich ganze Baumfamilien in ihr Bewusstsein drängen und sie keinen vernachlässigen will. Ihre Vorstellung rast durch geborgene Eichenwälder im Norden, deren Stämme sie alle umarmen muss, bis zum Gummibaum im Süden, und auch der Affenbrotbaum will eine Freundschaft mit ihr eingehen. Sie ist heilfroh, als die Übung zum Abschluss kommt.

Rolf schwärmt: «Ein Waldriese hat mir ein Standbein geliehen, und eine hübsche Elfen-Crew tanzte mit meinen Ästen.»

Ariane überkommt nach der Übung einen Kreativitätsschub. Die halbe Nacht lang malt sie Wunderbäume mit zerschnittener Rinde.

Die zweite Sitzung widmet sich dem ‹Ablegen von Ballast›. Die Patienten haben sich eine Wanderung mit schwerem Gepäck vorzustellen. Auf einem Gebirgsplateau darf der drückende Rucksack abgelegt und der Rücken ausgeruht werden. Aber so viele Rucksäcke Emily auch abwirft, dauernd wächst ein neuer aus ihrem Rücken heraus. Ein unbestimmtes Gefühl beschleicht sie: Je mehr man ablegt, desto mehr wird einem aufgebürdet.

Ganz anders sieht es bei Rolf aus. «Diese Übung war der Hammer! Ich bin vor Leichtigkeit abgehoben wie ein Spaceshuttle.»

Ariane wirkt nachdenklich. Sie habe versucht, sämtliche Narben loszuwerden und in den Rucksack zu stopfen. Aber die Narben hätten sich gewehrt. Ihr ganzer Arm brenne jetzt wie ein trockenes Holzscheit auf dem Grill.

Einmal mehr hat sie die halbe Nacht die Lampe an, und Emily reklamiert nicht. Ariane studiert mit fragender Miene das Johannes-Evangelium, um ihr Narbengeheimnis zu lüften. Am nächsten Morgen strahlt sie selbst wie eine Lampe. «Jetzt weiss ich's! Man kann nicht einfach Narben wegschneiden, um den Urzustand herzustellen. Eine neue Kraft muss die Narben verwandeln, bis sie wie Lichtstrahlen leuchten.»

Zur Visite mit Doktor Schiwago zieht sie euphorisch ein Minijupchen an.

Die dritte Übung befasst sich mit ‹helfenden Wesen›, die jeder Patient innerlich zu sich rufen soll. Um Emily rum scharen sich rudelweise Engel, aber alle wollen sie etwas von ihr, dabei will Emily doch etwas von ihnen. Wer ist eigentlich der Gebende und wer der Nehmende?

«Herrgott nochmal!», ruft sie laut in die meditierende Runde hinaus. «Das ist doch alles bloss vorgestelltes Zeug ohne Echtheitswert!» Demonstrativ verlässt sie die Runde. Trotz ihres ausgeträumten Zustandes muss sie zugeben, dass sie eine Affinität für die inneren Welten hegt.

Rolf prahlt den ganzen Abend, er habe innerlich die Urmutter persönlich getroffen, die ihm ihre Hilfe zusicherte. Emily hätte ihm am liebsten den Mund mit Klebestreifen zugeklebt.

Ariane meint, ihr habe in der Übung irgendein Prinz einen Königsmantel umgehängt, blau mit Goldbordüren, und sei dann wieder verschwunden. Immerhin … Sie müsse sich also selbst helfen. «Da wartest du ein Leben lang auf einen Retter. Am Ende erst schnallst du, dass die Vorsehung dich selbst als Retter auserkoren hat. Die Wirklichkeiten sind so sehr ineinander verschlungen, dass die Rollen ihre Aufgaben verwechseln. Ein Bäcker schlachtet eine Sau und schiebt sie in den Ofen, wohingegen ein Metzger sich selbst auf der Schlachtbank eines Psychiaters seziert. Zum Glück bin ich schon verrückt. Es kann mir also nichts mehr passieren.»

Erst in der vierten Übung, ‹der Innere Beobachter›, verzeichnet auch Emily ein kleines Erfolgserlebnis. Es herrscht taghelles Bewusstseinslicht in ihrem Inneren. Was soll mich noch schockieren? Was erfreuen? Es ist alles gesagt worden.

Lustlos kaut sie mit Rolf zusammen Chips auf der Couch im Gemeinschaftsraum. Ariane hingegen schwelgt in Vorfreude: «Nur noch einmal schlafen bis zur Visite bei Schiwago!»

«Sehen Sie, ich tauge nichts!», behauptet Emily bockig.

Doktor Schiwago bringt mit einer lässigen Rückwärtsbewegung seines Arms die Pendeluhr zum Schweigen; Emily hat sie im Gefecht der Untauglichkeit abzumurksen vergessen. «Sie machen sich zu viel Druck.»

«Das würde jeder Psychiater sagen.»

«Deshalb sag ich es ja.»

«Und es stimmt auch noch ...» Sie stellt die Uhr wieder an.

«Sie wollen schon gehen?»

«Dacht ich ...»

Er stellt demonstrativ die Zeit wieder ab. «Erzählen Sie mir mal etwas über Ihre Jugendträume.»

Im Geist hat Emily bereits zu einer spitzigen Antwort ausgeholt und die Lippen in Sprechform hervorgeschoben, aber ein nostalgisches Gefühl kommt dem Gedanke zuvor, so dass sie die Lippen wieder einfährt.

«Keine Jugendideale?», piekst Doktor Schiwago nach.

«Nur Medizin … Aber die ging den Bach hinunter.»

«Und das Bachbett ist hinterher vertrocknet? Dann erzählen Sie mir doch, wo Sie sich als Kind gerne aufgehalten haben.»

«Auf dem Friedhof … Und *Sie*, wie kamen Sie eigentlich dazu, das zu tun, was Sie heute tun?»

«Oh! Also, als junger Erwachsener gab es eine Psychiatrische Klinik in der Nähe meines Elternhauses. Ich pflegte, regelmässig für die Patienten Klavier zu spielen. Was mir auffiel, war die Tatsache, dass diese Menschen viel inniger zuhörten, als ich es sonst an Konzerten erlebte. Die Ohrtüren schienen bei ihnen weiter offen zu stehen. Das faszinierte mich.»

«Ah, die Ohren sind Türen. Sind die Augen dann wirklich Seelenfenster?»

«Zumindest hantieren das Auge und die Seele auf dieselbe Weise mit Licht und Finsternis. Das Auge ruht in einer Dunkelkammer, um das Licht einzufangen. Die Seele bedient sich einer Depression, um die wesentlichen Fragen des Daseins zu belichten.»

Im Zimmer findet Emily Ariane am vergitterten Fenster vor, von wo sie sehnsüchtig in ein Leuchtloch starrt, das durch den bewölkten Himmel hindurchgebrochen ist. «Der weitaus grösste Teil eines Menschen muss im Untergrund ein zusammengeschrumpftes Dasein fristen, wenn er nicht ganz ersterben will», kommentiert sie verbittert.

«Stimmt», pflichtet Emily bei, und Ariane fährt düster fort:

«Auch verstehe ich nicht, wie in einem Menschenleben Innen und Aussen zusammenhängen. Das Aussen scheint mir ein zeitlich wahlloser Durchgang von sorgfältig vorbereiteten Ereignissen. Das Innen sollte blank sein, ein reiner Empfängnisort. Meines ist blutfarben.» Sie seufzt. «Was man doch alles machen muss, um ein Verhältnis zu bekommen.»

«Ein Verhältnis mit wem?»

Ariane ignoriert die Frage und wirft sich auf den Sessel. «Da schleppt doch jeder Mensch drei Säcke mit sich rum. Der eine Sack denkt, der zweite fühlt, der dritte will. Wenn diese Säcke zumindest dieselbe Richtung ansteuern würden, dann könnte man sich tragen lassen. Aber in drei Richtungen fallen sie auseinander und in der Mitte bleibt ein Loch! Da bleibst du an Ort und Stelle stehen und hast doch keine Ruhe. Einzig die eigene Gelassenheit schafft dir eine Sekunde Eintracht.»

Heftig zückt sie einen Dichter aus dem Regal, diesmal Gottfried Benn, und liest daraus vor:

> «Ich lebte am Rande, wo das Dasein fällt und das
> Ich beginnt.

Siehst du, das wirkliche Ich ist immer ein Loch – bis endlich irgendwann der Himmel hindurchleuchtet und deine drei Säcke bündelt.»

«Weshalb weinst du jetzt plötzlich?», fragt Emily.

Ariane schnieft. «Das habe ich vergessen.»

«Ich möchte auch mal alles vergessen, Lebensamnesie. Nur leider gibt es bei mir nichts Nennenswertes zu vergessen, weil gar nie etwas passiert ist.»

Ariane weint lange weiter, bis ein Pfleger reinkommt und vermeldet, es sei jetzt Nachtruhe. Da löscht Ariane Licht und Tränen und legt sich hin.

Nach einer Weile kriecht sie wieder unter der Bettdecke hervor und meint kindlich: «Ich glaube, eine Träne lächelt. Solange es Tränen gibt, ist noch Bewegung, gell?»

«Das sagst du schön.»

«Tränen sind stumme Zeugen der unsterblichen Anwesenheit eines Menschen», philosophiert Ariane weiter, während sie dauernd die Ebenen in ihrer Persönlichkeit wechselt – zwischen Kind-Ich und erwachsenem Ich. «Jetzt lächelt mich meine eigene Träne an, siehst du?»

«Ich sehe», erwidert Emily im Stockdunkeln und schlingt nun ebenfalls das Plumeau über den Kopf. Geborgen vertraut sie sich den geheimnisvollen Abläufen im Innern des Körpers an: Das Herz klopft unaufdringlich in seinem Wattekokon. Der Atem malt rhythmische Lemniskaten. Der Magen kichert verstohlen. Die leisen Körperzeremonien im Innern vertragen sich nicht mit dem im Überlegenheitsgefühl dominierenden Tagesverstand. Nur in Absichtslosigkeit kann man an sie herantreten. Und irgendwann weben die stillen Vorgänge einen mit ein in den Schlaf.

Ein Pfleger hat über den Klinikgärtner ein paar Säcke Laub organisiert für die Sinnessammlungsgruppe: Tasten, Riechen, Hören, Sehen, Schmecken als Hilfsmittel, um wieder eigenen Boden unter den Füssen zu zimmern.

«Sich den Sinnen entlanghangeln, um nicht völlig mit dem Kopf in der Matrix zu verschwinden», kommentiert Rolf und langt ins feuchte Laub, womit die

Patienten geduldig ein Labyrinth auf dem Klinikrasen auslegen.

«Meine Namensschwester ist die griechische Göttin Ariadne», eröffnet Ariane stolz. «Ariadnes Faden erlaubt es dir, ins Innerste des Labyrinths vorzudringen, ohne den Bezug zur Aussenwelt zu verlieren.»

Als das gewundene Werk vollendet ist, beginnt eine stumme Pilgerwanderung hintereinander durch die Windungen. Hinein ins Zentrum zu sich selbst und wieder nach draussen in die Welt. Man hört nur das lispelnde Rascheln des Laubes, und doch sind die Pilgerpatienten intensiver im Gespräch miteinander, als wenn sie Worte verwenden würden. Sie erahnen Geheimnisse voneinander.

«Sie sind ein eingesperrter Vogel», spricht Doktor Schiwago in die Nicht-Zeit hinein.

«Natürlich, wir sind ja hier in der Geschlossenen», gibt Emily störrisch zurück.

«Ich meine nicht hier. Eingesperrt in einer Wirklichkeit, die Ihnen zu eng ist.»

«Woran sehen Sie das?»

«Ihre Augen sind wie Gefangene hinter der Schädeldecke und schauen rastlos durch die Gitterstäbe der Knochenöffnungen.»

«Was suchen meine Augen?» Zum ersten Mal hört sie Sehnsucht in der eignen Stimme sprechen.

Rolf sitzt breiter als üblich auf der Couch im Gemeinschaftsraum. Er sei immer gut drauf, plaudert er, auch in der Psychi, ausser wenn eine Krise heranrolle. «Wobei Krisen Heilwellen sind», sinniert er zu mitternächtlicher Stunde vor Emily, während Ariane in einer Ecke bittersüsses Schweppes Tonic suckelt. «Krisen wecken in den meisten Menschen das Tor zum Geistigen. Du lebst unbedarft dahin, bis dich eine Keule trifft. Wenn du wieder zu dir kommst, ist da plötzlich ein Tor, das vorher nicht da war. Es war natürlich da, aber erst ein Schock öffnet dir die Augen für seine Existenz. Du denkst: Gewaltig! In welch engem Territorium stecke ich schon ein halbes Leben, ohne es zu merken? Hinter dem Tor gibt es bestimmt noch so viel mehr, was diese Welt dir nicht entschleiert hat.

Albert Einstein hat das so formuliert: ‹Es ist absolut möglich, dass jenseits der Wahrnehmung unserer Sinne ungeahnte Welten verborgen sind.› Leider ist das Tor verschlossen. Den Rest des Lebens bist du dann damit beschäftigt, das Tor zu öffnen.»

Im Flur hallen die Schritte des Nachtwächters. Rolf horcht auf und sagt schnell: «Aber jetzt muss ich mein Haupt aufs Kissen hauen. Gute Nacht!» Er schlurft davon.

Ariane weint noch ein bisschen in ihren Stoffesel hinein und lacht gleichzeitig über sich selbst; ihr neues Einschlafritual. Krippentiere seien definitiv ihre Lieblingstiere. «Die verkriechen sich in ihren heissen Ställen wie Schiwago.»

«Schiwago in heissen Ställen?»

«Keiner ist besser über unseren Schönling informiert als ich.» Ariane ist ganz stolz. «He, der hockt dauernd im Keller zwischen müden Möbeln in irgendeiner Besenkammer und meditiert lächelnd!»

«Der schmachtet doch edlen, alten Zeiten nach. Voll verknallt in Carl Gustav Jung!»

Das findet Ariane gar nicht lustig.

Emily träumt von einer grossen Pendeluhr aus alten Zeiten, die sich im Dämmerlicht versteckt, um die Zeit zu vertuschen. Zwei Gestalten in Kutten sind an den langen Sockel der Pendeluhr gekettet. «Wir sind an die Zeit Gefesselte», wimmern sie im Takt der Uhr. Emily geht aufgeschreckt weiter durch düstere Hallen. An kalten Säulen kleben verwunschene Nonnen, halb eingewachsen in den barschen Stein. Sie wetzen glänzende Messerklingen.

Es ist wunderbar still, als sie gottlob aus dem Traum erwacht. Ein netter Mond, der keine Geräusche macht. Ariane, die endlich mal schlafen kann. Keine aufmüpfige WC-Spülung. Herrliche Konzentration in der Depression, denkt Emily und schreibt um drei Uhr nachts in ihr Tagebuch:

> Es sind wiederbelebte Erinnerungen an Kindheitsrituale, die dir eine Stimmung von Verbundenheit vermitteln. Egal vor welchem Gegenstand du als Kind gesessen hast: vor einem Altar, einem Hochstammkirschbaum oder einem löchrigen Stoffbären, Hauptsache, du tatest es wiederholt, so dass in dir eine dich tragende Stimmung von Beheimatetsein entstand – später beliebig abrufbar. Nicht der Gegenstand ist's, sondern deine Stimmung dahinter, und diese ist nicht von dieser Welt, aber lebt in dir auf dieser Welt.

Als sie am Morgen diese Zeilen liest, wundert sie sich: Jenen Menschen, der man nachts ist, kennt man am Tag gar nicht mehr. Ausserdem vermischt man sich in der Nacht viel mehr mit der Umgebung. Sie entschuldigt sich bei Ariane, in deren Tagebuch sie aus Versehen geschrieben hat.

Das nächste Mal kritzelt sie in ihr eigenes Tagebuch:

> Ich schreibe. Bloss um die Hand zu bewegen. Vielleicht kratzt diese Bewegung eine Handvoll erstarrter Gedanken hervor. Bloss um auch im Kopfbereich eine Ver-

schiebung vorzunehmen. Nicht dass das irgendeinen Sinn ergäbe. Hauptsache es bewegt sich etwas. Dann lebt noch etwas.

Die anschliessende Visite bei Doktor Schiwago verläuft kurz und bündig.

«Waren Sie unterdessen tätig? Haben Sie Zukunftspläne?», stochert er.

«Ich muss zuerst in der Ergotherapie den Pulli fertigstricken.»

«Sie verstricken sich immer mehr mit sich selbst.»

«Ist mein Schicksal blockiert oder gehört die Blockade zum Schicksal?»

«Vielleicht bestimmen Sie das selbst durch die Art, wie Sie jetzt handeln werden. Auch innerlich.»

«Innerlich?»

«Man kann durchaus äusserlich etwas bewirken, indem man innerlich handelt. Innen und Aussen sind Verwandte.»

Emily denkt nach. Ob innerliche Entwicklung geschieht, auch wenn äusserlich gar nichts passiert? Nach aussen sagt sie ruppig: «Je mehr man sucht, desto blinder wird man. Aber wenn man aufhört zu suchen, passiert genauso wenig.»

Doktor Schiwago reisst der Geduldsfaden: «Man kann Ihnen nichts raten, weil nur Sie selbst sich die Antworten verraten können. Ich gebe Ihnen recht: Ihr Glas ist weder halb voll noch halb leer, sondern hat gar kein Wasser mehr drin. Sie vermissen die Wasser des Lebens!»

Das ist das erste Mal, dass er Emily aus der Fassung bringt. «Sie sind wirklich ein Poet, *Doktor Schiwago*», schwappt es ihr über die Lippen.

Sie stellt C. G. Jungs Prachtsuhr an und verlässt den Raum.

«Der Doktor war heute traurig, was ich selbstverständlich sofort merkte», sagt Ariane. «Er hat es freundlicherweise nicht abgestritten, sonst hätte ich nebst meiner Trauer die seine auch noch durchgetragen. Aber so waren wir zusammen traurig.»

Mit ihrem Johannes-Evangelium auf den Knien sitzt sie im Bett und staubt gehörig den Himmel ab: «War im Anfang wirklich das Wort? Vergiss es! Das war vielleicht mal so, aber aus heutiger Sicht sicher nicht. Im Anfang wurde nämlich brutal geschwiegen und weggeschaut. Chaos ist deshalb geworden. Und jetzt müssen wir armen Menschenwürmer sprechen lernen, um selbst mit dem ‹Wort› Ordnung zu schaffen.»

Rolf streckt den Kopf zur Tür rein, um gute Nacht zu sagen. Emily fragt ihn, ob im Anfang wirklich das Wort war.

«Mehr noch!», erwidert er enthusiastisch. «Im Anfang war eine Party! Es wurde gegessen und getrunken, und alle waren glücklich, aber keiner hat's gemerkt. Selbsterkenntnis war damals noch kein Thema. Erst die auf dem Acker Schwitzenden und in Schmerzen Gebärenden fingen langsam an, sich zu fragen, worum es eigentlich ging. Und die in der Dunkelheit erst recht! Da fragt man sich im Vollzeitstudium, ob es eigentlich auch irgendwo einen Lichtschalter gibt. Aber erst die im Stockdunkeln kapieren mit der Zeit, dass der Mensch selbst nichts anderes als ein Lichtschalter ist. Also tschüss, ihr beiden, ich hau mich ins Bett.»

Die Welt erscheint Emily einmal mehr seltsam. Wie kommt es eigentlich, dass man einander vor dem Zubettgehen tschüss sagt und sich morgens wieder begrüsst? Geht tatsächlich jeder in eine separate Traumkabine, aus der er morgens wieder herausstolpert? Und wie kommt es, dass tagsüber alle so beschäftigt tun, und wer nicht beschäftigt tut, wirkt suspekt? Und warum sagt man eigentlich ‹Flugzeug›? Zeug, das fliegt? Was für *Zeug*?!

Über all diesen Gedanken schläft sie verstört ein.

Die Störung bleibt auch im Schlaf. Um zwei Uhr steht sie auf. Rolf liegt angezogen im Gemeinschaftsraum und liest einen Fantasyroman. Er plaudert gern, auch nachts, und Emily hört zerstreut zu.

«Im Silicon Valley ist der Pro-Kopf-Verbrauch an Fantasyromanen fast schon makaber hoch», behauptet er. «In der IT- und Hightechindustrie spicken sich die Jungs nach Feierabend zu den Feen raus als Ausgleich zu ihrer Roboterwelt. Tausendseitige Elfen-Schunken verschlingen die in drei Nächten.» Er mache es nicht anders. «Eine Doppelpackung Kartoffelchips und ab zu den Elfen. Nach dem Hardware-Trip die Fantasy-Manie!» Er frage sich manchmal, wo eigentlich die Mitte liege. «Die Welt der Technik ist genial, aber sie verscheucht das spirituelle Leben. In meinem Fall kam mir das Seelendelirium zu Hilfe und hat mir den Kopf gesprengt, damit ich nicht in der Matrix hängenblieb. Und weisst du was? Es gibt auch ein geistiges Internet!»

«Was soll denn das sein?», fragt Emily, zu müde zum Denken.

«Es ist ein unsichtbares Netz, in dem Menschen so verbunden sind, dass sie aus der Ferne den Zustand eines anderen wahrnehmen können. Aber weil wir nicht daran glaubten, erschufen wir ein elektronisches Internet. In den virtuellen Räumen wird uns bloss die Sehnsucht nach Verbundenheit ausgesogen. Ich hänge selbst oft zehn Stunden im Netz – wie eine Spinne, die auf Begegnungsbeute lauert, aber sie bekommt doch nichts Anständiges zwischen die Zähne.» Er langt kräftig in die Chipstüte, die er wie ein Schosshündchen treu bei sich trägt. «Eine Chipstüte ist ja im Grunde ein kindlicher Fressnapf», stellt er kauend fest.

Beide torkeln sie ins Bett. Emily rutscht im Traum mit ihrem ganzen Körper in einen übergrossen Schuh – wie in einen Sarg. Aber der Schuh läuft einfach weg und trägt Emilys Körper davon. Sie rennt dem Schuh noch nach, aber dieser ist schneller, und fort ist ihr Körper. Verdutzt bleibt sie stehen und wundert sich, was jetzt noch von ihr übrig ist.

Ariane streichelt selbstvergessen über ihre Messersammlung, die sie ab und an aus dem Versteck unter dem Bett hervorholt. «Sind die nicht gefährlich erotisch?»

«Eher neurotisch», entgegnet Emily trocken.

«Schau dieses werte Teil! Ganz neu erworben.»

«Wo erwirbst du *hier* einen solchen Dolch?!»

«In der Psychi kriegst du mehr als draussen. Es gibt schliesslich auch Klinikdealer. Jeder hat so seine privaten Quellen.»

Sie küsst die Klinge. «Mit diesem edlen Stilett werde ich Schiwagos Liebe testen: Ich schenke es ihm, was ein monströser Regelverstoss gegen dieses Haus bedeutet, wo nicht mal Stecknadeln erlaubt sind. Er müsste mich also radikal vor die Tür setzen. Tut er es nicht, ist das für mich Liebesbeweis genug!»

Doktor Schiwago unternimmt mit Emily eine Visite im Wäldchen des Klinikparks. Es fällt ihr auf, dass er ungewöhnlich unpräsent ist. Was hetzt ihn? Auf einem kleinen Hügel just vor C. G. Jungs Lustpavillon setzen sie sich auf ein Bänklein in der Sonne. Ein Patient hat auf die Wände des Belle-Epoque-Pavillons mit seinem eigenen Blut einen Spruch hingemalt: ‹Noch heute liege ich im Sarg›.

Vor ihnen liegt der Abhang mit den Weinreben. Weit der Zürichsee. Noch weiter die sehnsuchtaufwühlenden Alpen. Emily hätte heulen können. Lieber nicht neben einem gleichaltrigen Psychiaterschönling auf einer Parkbank … Verwundert überlegt sie: Wenn die zweite Lebenshälfte schon abgelaufen wäre, wie will ich dann, dass ich jetzt gewesen sein werde?

«Was geht hinter Ihren Gitterstäben vor?», erkundigt sich Doktor Schiwago.

«Es herrscht Futur-II-Stimmung.»

Stille.

«Finden Sie, ich bin eine genetische Zufallsmutation?»

Sie schaut Doktor Schiwago an, als hätte er ein Verbrechen begangen, während dieser ein bisschen unwohl zurückfragt: «Wie kommen Sie auf so was?»

«In Ihrer Gilde wird ein solches Weltbild vermittelt.»

«Ich kann ja dennoch anders denken, aber das soll Ihnen nicht so wichtig sein.»

«Ist es aber! Wenn ich wahrnehme, wie Sie von mir denken, werde ich zu dem, was Sie über mich denken.»

«In meinen Augen ist kein Mensch eine genetische Zufallsmutation.»

«Da bin ich beruhigt. Andernfalls hätte sich meine Seele an Ihren Gedanken erkältet.»

«Ich biete Ihnen Heimat in meinen Gedanken.»

Emily lacht und findet ihn einmal mehr bezaubernd poetisch. «Auf jeden Fall weiss ich jetzt, was ich tun werde, damit Sie mich aus dieser Anstalt entlassen», fügt sie ohne weitere Begeisterung bei.

«Und?!» Die Neugierde springt förmlich aus seinen Augen.

«Ich mache ein Praktikum in einem Bestattungsinstitut.»

Nun blickt er wirklich entgeistert und beginnt mit seinem relativierenden «Also …». Pause. «Wollen Sie nicht vielleicht eher in einem Geburtssaal hospitieren, wo Leben ankommt?»

«Dort ist es mir zu laut. Ich brauche Ruhe. Ein Aufbahrungssaal ist der ideale Ort für mich.»

«Was fasziniert Sie am Tod?»

«Der Tod ist etwas Wirkliches, und weil er wirklich ist, passt er nicht in die heutige Konstruktwelt. Er wird deshalb diskriminiert und ausgeschlossen. Das Leben selbst ist unzuverlässig. Die Formen und Beziehungen ändern sich dauernd, so dass nie wirklich etwas passiert. Ich möchte, dass sich etwas Variables in etwas Bleibendes verändert. Das bietet der Tod.» Sie sprüht mächtig lebendig, während sie über den Tod spricht.

Doktor Schiwago schaut irgendwie berührt: «Emily, Sie sind nach aussen das, was Sie in sich vermissen.»

Es ist einer jener Sätze, der Emily aus der Fassung bringt. Weil er zutrifft.

Entschlossen ruft sie bei einem Bestattungsinstitut an, ob sie Praktikumsplätze anbieten.

Eine rabiate Frauenstimme trommelt in überschnellem Tempo: «Nein, das machen wir nicht. Unser Motto ist ‹Würde›. Bei uns schaut niemand zu.»

Kalt durchfährt es Emily: Ist *das* Würde?

Die Rabiate fährt fort: «Man muss vor allen Dingen bedenken: In diesem Job braucht es als Frau die Kraft eines Mannes. Es geht hier nicht nur um das Waschen von Leichen. Auch eine Frau muss in der Lage sein, überbreite Körper von hundertfünfzig Kilo aus dem dritten Stockwerk herunterzuschleppen.»

Mit plattgewalzter Zuversicht hängt Emily auf. In der Weise ergeht es ihr noch bei anderen Bestattungsinstituten, die sie kontaktiert. Immerzu die Philosophie ‹Wir geben keinen Einblick›.

Den Tod verborgen halten, ist das Würde? Heimlich die Toten aus ihren Betten abtransportieren? Die Särge durchs Hintertürchen hinausschleusen, als wären darin entstellte Verbrecher, damit ja kein Lebender daran erinnert wird, dass er sterblich ist?

Schliesslich ruft sie den Bestatter einer ländlichen Region im Aargau an. Vor vielen Jahren, als Emily noch ein Kind war, hat er ihre Oma abgeholt – nicht etwa mit sterilen Vorkehrungen.

«Dieses Mütterchen ist so leicht, das nehmen wir doch gleich von Hand», hat er ganz natürlich gesagt und Emilys verstorbene Oma eigenhändig in seinen Armen hinausgetragen. Der Sargdeckel war offen geblieben, während er mit der Verstorbenen noch eine Extrarunde durchs Dorf gefahren ist, damit sie sich von allen ihr lieben Orten und Menschen verabschieden konnte.

Bang wartet Emily die Ruftöne des anklopfenden Telefons ab.

«Bestattungsdienst, was kann ich für Euch tun?», erschallt eine herzhafte Stimme in Walliser Dialekt.

Emily stottert ihr Anliegen hervor.

«Aber natürlich!» Bei ihnen sei jeder willkommen, ob tot oder lebendig, und Emily hat ihren Praktikumsplatz gefunden.

Ob sie denn die Trauernden nicht störe?

«Was soll denn gestört werden?» Bei ihm müsse niemand in die Ausnüchterungszelle, bis er ausgeweint trocken wieder gesellschaftstauglich sei.

Ariane schwappt fast über vor Seligkeit: «Er hat meine Wenigkeit angenommen! Stell dir vor, Emily, er hat es voll Hammer eingesteckt!»

«Deinen Dolch? Echt?»

«Ohne Rausschmiss, verstehst du?! Er brachte es nicht übers Herz, mich vor die Säue zu werfen. Ich bin ihm wichtig!»

Auf Anraten Schiwagos studiert Ariane von nun an die Webseiten verschiedener sozialtherapeutischer Wohneinrichtungen. Von einer ist sie sichtlich angetan: «Ein Pferdehof mit Leuten für Probleme», kichert sie. Der Hof heisst *So verrückt noch nicht.*

Auch Rolf bereitet sich vor, die schützenden Klostermauern zu verlassen und den Wiedereinstieg in die Matrix zu wagen. Mit seinem PC will er fortan eine etwas weniger symbiotische Bindung eingehen.

Emily sucht nun gleichfalls eine neue Bleibe und findet ein freies Zimmer in einem internationalen Studentenwohnheim bei Basel.

Der Tag des Abschieds rückt heran. Arianes Koffer steht gepackt bereit für *So verrückt noch nicht.* Strahlend tritt sie an Emily heran: «In einer Stunde weiss ich es vielleicht nicht mehr, aber jetzt bin ich gewiss: Du hast dir selbst geholfen, jetzt wird dir geholfen. Früher oder später ist das immer so im Leben.»

«Wer soll mir denn helfen?», fragt Emily sachlich.

Ariane schweigt voller Vertrauen. Die Sonne spiegelt sich auf ihren Narben, als ob in ihren Adern Gold flösse.

3. Ost und West am Küchentisch

Ihre Mansardenhabseligkeiten sind für den Umzug verpackt. Mit einigen Bedenken hat Emily die meisten ihrer Kleider aussortiert. Was behalten, wenn nicht klar ist, wie sich ihre Identität noch entwickeln würde? Eine Schlange, die sich häutet, bevor sie weiss, was sie sein soll …

Mit vorsichtigen Schritten betritt sie das internationale Studentenwohnheim auf dem Dornacher Hügel, wo sie fortan wohnen wird. Man muss manchmal etwas tun, was man noch nicht ist, um es werden zu können.

Auf mehreren Stockwerken verlaufen Korridore mit einfachen Zimmern: ein Bett, ein Stuhl, ein Tisch, ein Schrank. Auch hier Mönchsklausen. Gut so. Ist weniger da, hat man selbst mehr Raum.

Das rosafarbene Gebäude ohne rechte Ecken wohnt selbst seit bald einem Jahrhundert am Rande des Solothurner Dorfes Dornach. Mit dem Rücken lehnt es an den Waldrand an. Es ist das allerletzte Haus, das der Postbote auf seinem Rundgang beliefert. Vor dem Haus grasen verschlafene Kühe neben einem Ährenfeld. An der Hausseite rauscht ein Bächlein ungeniert den Hügel hinunter. Weit in der Ferne behauptet sich die Stadt Basel, bevor sich der Blick genussvoll in den elsässischen Reben verliert.

Emily lässt sich aufs Bett fallen. Nein, keine Zukunft, aber wenigstens ein bisschen Gegenwart. Der Bach und der wehende Kirschbaum vor ihrem Frühlingsfenster gefallen ihr. Es wird ihr weit: Werde-Zeit.

Da klopft es an ihre Zimmertür. Eine Frau fällt ihr stürmisch um den Hals: «Welcome, dear!» Sie heisse Serena, komme aus Nordirland und sei Kunststudentin. «Als Künstler ist man immer Anfänger und somit Student.» Sie lacht fast ein wenig zu befreit, so dass ihre roten Haarlöckchen kichernd mitwippen. «Und was studierst du?»

«Den Tod», antwortet Emily lakonisch.

Ein ausdrucksloser Asiat kommt aus der Tür zu Emilys Nachbarzimmer. Er sei Haitao aus China und studiere Waldorfpädagogik, willkommen. Das war's auch schon. Mehr als das Nötigste scheint nicht nötig. Er verschwindet wieder in seinem Zimmer, die Tür noch halb offen. Auf dem Bett sitzend beginnt er konzentriert eine Mandoline durchzuschrubben.

«Er meint es gut», bemerkt Serena und lacht so kräftig, als ob eine Geröllhalde ihren Rachen hinunterpurzelte. Geschwisterlich schlingt sie einen Arm um Emily und schiebt sie in die kleine Studentenküche – runder Tisch, gemütliche Eckbank. Mit Hingabe serviert sie ihr sonderbare Kekse, die Emily mit viel Wasser hinunterspült.

Als Emily aufschaut, ist ihr, als blicke sie in Che Guevaras suchendes Gesicht. Aber Jared, Philosophiestudent aus Peru, hat Che Guevara längst hinter sich. Er suche nach mehr als dem. «Revolution im Geiste, und die setzt innen an.» Sogleich ist er im Element: «Ein menschliches Leben ist reinste Alchemie. Kalzinieren nennt sich das. Der Mensch wird geboren, mit anderen

Worten: Er wird in den Ofen geschoben. Alles Unharmonische verbrennt er im Laufe des Lebens im Schmerz, so dass irgendwann in seiner Seele eine neue Morgenröte aufbricht – hell und strahlend.»

Emily nickt mit grossen Augen, während sie sich mit Serenas staubigen Keksen abmüht.

«Wir sind jetzt deine neue Familie!», sagt Serena und schiebt ihr noch mehr sonderbare Kekse rüber.

Sie kommt sich albern vor, wie sie den blühenden Kirschbaum vor ihrem Fenster begrüssen geht. Irgendein stummer Freund, der mit der Zeit alles von dir weiss, weil er hemmungslose Sicht in deine Mönchszelle hat.

«Ja, ja, du holografisch hervorspriessender Wonnepilz!» Sie tätschelt ihm liebevoll auf den furchigen Stamm. «Du stehengebliebenes Feuerwerk!»

Daneben die Jungbäumchen, angezogen wie Prinzessinnen, mit weissen Puffärmelchen auf der kindlichen Blumenwiese. Was ist eigentlich eine Blume? Aus Emilys nüchterner Sicht ein farbiges Papierchen, das sich aushaucht. Und ein Vogel? Luftwendiges Teilchen mit ausgehöhlten Knöchelchen, um noch erdenflüchtiger zu sein.

Sie legt sich ins Gras, den Kopf schwer auf der Erde. Gänseblümchen starren sie grüppchenweise an, als sie über den Rand der Grasspitzen guckt. Überrascht setzt sie sich auf, um zu bemerken, dass die Tausendschönen umso zahlreicher dort hervorspriessen, wo häufig drüberspaziert wird. Wie Stehauffrauchen erheben sie sich, und das kräftiger als vor ihrem Niedergang.

Auf dem Gelände gibt es eine Gärtnerei. Der Gärtner kommt fluchend aus dem Gewächshaus. Es diene einem Landstreicher als Schlafkabine, weil es dort drin warm sei. Aber der lege sich immer auf die Jungpflanzen. Die Polizei könne auch nichts machen. Der arme Kerl habe nicht mal Geld, um seine Bussen zu bezahlen.

Mit ihrer neuen Familie sitzt sie auf der Bank vor dem Studentenheim, um das Liveprogramm *Sonnenuntergang* zu schauen. Die Sonne hockt mit breitem Hintern auf dem Horizont und rollt allmählich hinter den entlegenen Tannenwipfeln davon zu anderen Kontinenten. Jared, der peruanische Philosophiestudent, zupft auf seiner Slide-Gitarre einen seelenschürfenden Blues. Alle Sitzenden packt das Fernweh. Schweigend gehen sie ins Haus. Jeder verstaut sich selbst in seiner Mönchszelle.

Emily kuschelt sich ins Bett. Eine Spinne krabbelt wie wild über ihre Zimmerdecke und bleibt ausgerechnet über ihrem Kopf stehen. Warum muss die jetzt genau dort hockenbleiben?! Wenn die plötzlich runterfällt! Emily will aufstehen, aber die Traumkulissen werden bereits montiert.

Unvermittelt steht sie vor einem mit Blättern wedelnden Traumsommerbaum, dessen Kirschen leuchten. Sehnsüchtig versucht sie, von diesen Früchten zu erhaschen, aber sie hängen viel zu hoch. Ihr Körper fühlt sich dermassen ausgezehrt an, dass sie nicht die Kraft in sich findet, auf den Baum zu klettern. In einer Ohnmachtsstimmung erwacht sie: Ich verpasse das Eigentliche im Leben!

Noch immer die Spinne an der Decke genau über ihrem Kopf. Wenn es just an jener Deckenstelle ölig ist und die Spinne abrutscht, trotz ihres Saugmechanismus, der sie entgegen aller Schwerkraft umgekehrt an der Decke sitzen lässt …

Wums! Ein aufsehenerregender Plumps unmittelbar neben ihrem Ohr bündelt auf Kommando die Gedanken. Der einsneunziger Chinese Haitao hat sich wohl soeben nebenan auf seine Matratze geknallt. Wir liegen also jetzt Schulter an Schulter in einem Doppelbett, konstatiert Emily. Das vernachlässigbare Wändchen dazwischen ist zu dünn, um mitgezählt zu werden. Die erste Nacht an einem neuen Ort lässt einen wohl immer etwas ausser Rand – oder besser ausser Wand – geraten.

Sie versucht magisch eine Lichtwand runterzufahren – ein Abgrenzungsmanöver, wie sie es in der Geschlossenen gelernt hat. Aber im Halbschlaf fällt die Vorstellungswelt in sich zusammen. Es ist Emily gar, als läge sie unter derselben Bettdecke wie der Chinese.

Sie verlässt eine unsanfte Nacht und steigt frühmorgens ein in den Tag. Auf dem Gelände kein Mensch, nur zwei Dackel – sofaähnliche Kleintiere mit aufmerksamen Nasen. Dem Rufen des Besitzers zufolge heissen sie ernsthaft Brahms und Beethoven.

Nur die Kühe beissen schon ruppig ins Gras hinein. Emily bleibt fasziniert stehen. Was die krampfen, während sie den ganzen Tag hart auf dem Feld arbeiten! Die Zunge fährt scharf seitlich raus wie ein Schnittmesser, sammelt die in Windeseile beschnupperte Grasfracht ein und rupft sie mit kauender Kraft aus. Und so wird gerupft – Stunde um Stunde, mühsam und zäh, Zentimeter um Zentimeter. Abends dann den vollbepackten Grasbauch durch vier Mägen schleusen, dampfend vor Anstrengung. Nachts dann noch die Milchproduktion. Am frühen Morgen schon wieder Schnittmesser und Rupfwerkzeuge auspacken und weiterkrampfen. Nur ab und zu eine kleine Liegepause, um selbst dann in mampfender Trance ein paar Hälmchen abzuarbeiten. Diese Wundertiere! Ohne zu murren, nur hie und da ein Muhen, mähen sie unsere Landschaften – und das beharrlich seit Jahrtausenden.

Und dann diese Schafe gleich daneben! Plüschsofa an Plüschsofa zu einer einladenden Kuschelliegewiese arrangiert verbringen sie die Mampfzeit als Gruppenseele beieinander. Ohren parallel zur Erdoberfläche wie zum Flug ausgebreitet. Auch sie vollbringen selbst schlafend noch wahre Kauwunder. Und das alles für dieses mickrige Säckchen Milch. Aber immerhin. Und erst noch laktosefrei!

In der Küche sitzt Serena und löffelt sich einen Haferbrei ein, den sie mit dem Stabmixer präpariert hat. Ihr iPhone steht aufgestellt vor dem Teller, so dass sie während des Löffelns die Einöde des Breis mit einem Krimi aufpeppen kann. Manchmal hält sie mit den Schaufelbewegungen inne, weil die virtuellen Buchstaben eine zu abgefahrene Szene beschreiben. Langweilige Stellen überbrückt sie mit raschem Spachteln.

«Mein Zimmer sieht bemitleidenswert aus. Schau ja nicht rein!», sagt sie, ohne aufzublicken.

«Hab ich schon», entgegnet Emily und schielt weiter in Serenas Zimmer gegenüber der Küche. «Was ist denn das für etwas, auf dem deine Matratze liegt?» Ein aufeinandergestapelter Bretterboden mit einer angestellten Leiter lässt Serena auf halber Zimmerhöhe schwebend schlafen.

«Eine ehemalige Bühne gemischt mit alten Staffeleien.»

«Ach so.»

Serenas Zimmer sieht aus, als hätte soeben ein Einbrecher darin rumgewühlt. «Ein westlicher Mensch besitzt durchschnittlich zehntausend Dinge», rechtfertigt sie ihren Wirrwarr beim Eintreten in ihr Zimmer. «Fragt sich nur, wie man hier jemals einen verlorengegangenen Ohrring wiederfinden kann.» Aussichtslos steht sie mit ihren Füssen und den zwei verschiedenen Socken dran im Chaos. «Ich sehne mich nach dem Tag, an dem hier endlich mal Ordnung herrschen wird. Bis dahin gute Nacht!»

«Ich finde es gemütlich in deinem Zimmer. Hier ist viel Leben drin.»

«Vielleicht ein bisschen zu viel Leben», erwidert Serena lachend. «Nur eine einzige Pflanze hält es in diesem Zimmer aus, eine Kartoffelstaude, die keinen Wank mehr macht.»

Auf dem Sims steht tatsächlich ein eingetopftes Stengelchen mit drei verhudelten Blättern dran.

«Manche Künstler schöpfen aus dem Chaos, andere aus der Leere. Eine Freundin in Belfast zum Beispiel: Sie ist auch Malerin, aber bei ihr herrscht immer blitzblank Ordnung. Wenn sie an einen neuen Ort kommt, putzt sie zuerst einmal gründlich und bringt alle Sachen weg. Sie liebt das Nichts, woraus sie alle Farben hervorspriessen sieht. Bei mir ist das Gegenteil der Fall. Das Chaos erdrückt mich dermassen, dass ich gezwungen bin, etwas draus zu machen, um nicht verschlungen zu werden.»

Jäh erblickt Emily einen Gegenstand, der sie erschauern lässt. In Serenas Lavabo liegt ein glänzender Dolch. Serena lacht übersteigert, als sie Emilys Blick bemerkt, und steckt ihn schnell weg.

Über Serenas sonstiges Leben erfährt Emily nicht viel. Dass sie beim Kochen englisch singt und nur unter der Dusche gälisch, sagt vielleicht etwas. Vielleicht auch nicht.

Um einiges redseliger ist Jared. Er sitzt auf der Bank vor dem Studentenheim. Neben ihm thront eine steinerne Engelsskulptur. Sie besteht lediglich aus einem menschhohen Hals, der direkt aus dem Boden gen Himmel schiesst. Darauf ein selbstbewusster Kopf samt Flügelpaar. Emily schmiegt sich an den festen Engelhals. Ein Gewaltssonnenuntergang von über hundertachtzig Grad Spannweite spielt sich vor ihren Augen ab, während Jared von seinem Gang gen Osten erzählt, der ihn bis hierher geführt hat.

Er entstammt einer peruanischen Intellektuellenfamilie. Seine Mutter gehört den Mormonen an. «Für Religion tauge ich nicht. Die weckt bloss den Rebellen in mir, der jegliche Regeln per se über den Haufen werfen muss.» Genüsslich zieht er an seiner Havanna und streckt Emily eine Flasche Bier rüber. Aber es seien nette Kerle, die Mormonen, ein bisschen skurril manchmal. «Sie halten Abdankungsfeiern für Menschen, die längst verstorben sind, um ihnen ihren Segen mitzugeben: Marilyn Monroe, J.F. Kennedy und so.»

Die Elf-Millionenstadt Lima wuchs Jared über den Kopf. Ebenso seine Grossmutter, die dauernd stören kam. Sie war Psychoanalytikerin nach Freud und brachte nur Unheil in die Familie. Jared rebellierte und experimentierte als junger Heranwachsender mit psychedelischen Drogen – ein Affront gegen seine Mutter. Selbst Kaffee und Tee stehen bei den Mormonen auf Gottes Tabuliste. Sie stellte ihn auf die Strasse, was ganz in seinem Sinn lag. In der Drogenszene auf offener Gasse wurde er fast erstochen. Wie durch ein Wunder sauste das Messer haarscharf an der Aorta vorbei. Dieses fundamentale Erlebnis des Quasi-Sterbens machte einem neuen Leben Platz. Es änderte sein ganzes

Innengerüst und zeigte ihm, dass die Welt nicht aus Materie besteht und Materie eine Illusion ist.

Musik und Philosophie waren von Anbeginn an seine Zuflucht. Mit vierzehn erwuchsen ihm seine ersten philosophischen Gedanken wie ein Kristall: ‹Der Mensch ist ein Wesen, das seiner selbst bewusst ist. Er hebt dadurch die Natur auf und lebt doch in ihr weiter.› Und dann kam Nietzsche. «Er ist der Rockstar der Philosophie, *the cool guy*. Mit ihm betrittst du eine rasende Achterbahn. Wenn du innerlich nicht stark genug bist, haut er dich um.»

Nietzsche war es auch, der sagte, eine Welt ohne Musik wäre ein Fehler. Da zog Jared nach Paris, wo er an die Jazzschule zugelassen wurde. Nebenher arbeitete er in einem McDonald's. Schliesslich schmiss er die Jazzschule und arbeitete nur noch im McDonald's. Zwischen Schmierfritten und Konstruktfleisch dachte er, das könne doch nicht alles sein.

Wieder eine fundamentale Krise. Er verliess Paris, um nach Erdung und Richtung zu suchen. In der Abgeschiedenheit der jurassischen Freiberge fand er bei Freimaurern Zuflucht, die ihm ein Häuschen und okkulte Literatur anboten. Zwei Jahre lang lebte er ohne soziale Kontakte zwischen Tannenwäldern und nebligem Hochmoor, hütete Schafherden auf den melancholischen Weiden und studierte Alchemie. Da wusste er plötzlich, dass er in Basel die deutschen Philosophen studieren wollte.

Jareds Augen sprühen, während er erzählt. Seine Havanna scheint vor Enthusiasmus lichterloh zu brennen. «Das Denken ist das mächtigste, wenn auch verkannteste und missbrauchteste Werkzeug des Menschen. Ich habe in meinem Leben entdeckt, dass das Denken seine kraftvollste Intensität entfaltet, wenn es in die Enge seiner eigenen Tiefen gestürzt wird, wo noch unbewusste Welten brodeln. Dort unten in der unheimlichen Finsternis kann es heilend hell leuchten, etwa so wie sich die Sonne an düsteren Wolkenrändern überirdisch weissglänzend bricht.»

«Manchmal dauert es aber ewig lange, bis die Denkkerze endlich Feuer fängt und dort unten alles ausräuchert zum Wohle aller», entgegnet Emily.

«Vielleicht ist es ein kleines Rechaudkerzlein, das dir ein Aha-Erlebnis zusteckt. Das wäre doch schon mal ein gehöriger Anfang. Die Denkrevolution ist eine leise Bewegung mit auf Dauer magischer Wirkung.» Er klemmt seine Havanna zwischen die Lippen und streichelt aus seiner Gitarre einen eindringlichen Blues heraus. Zwischen Zigarre und Zähnen lässt er in teils ausufernd hoher Stimme die Lyrik erklingen.

Nur selten lockert sich Haitaos steifes Mundwerk. Aber dann richtig: Stundenlang plaudert er über die chinesischen Verhältnisse. «Wenn man in China ein Auto kaufen will, muss man beim Garagisten zuerst mit verbundenen Augen in eine Lostrommel langen, wo wie wild Nummernschilder aus Papier durcheinanderwirbeln. Hat man Pech, zieht man ein Schild mit der Aufschrift ‹Sie dürfen kein Auto kaufen, sorry!›. Umweltmassnahmen der Regierung zur Reduktion von Smog.»

Haitaos eigene Geschichte fügt sich allmählich zu einem real durchlebten Krimi zusammen: In China studierte er erst an einer Militäruniversität, um Politiker zu werden. Mitten im gleichgeschalteten Marschschritt zwischen Tausenden anderen Uniformierten fragte er sich: Was ist eigentlich der Mensch? Es war vielleicht noch der allerletzte Moment, um sich diese Frage zu stellen, denn er hatte sich bereits vier Jahre durchgebissen und stand kurz vor dem Abschluss. Wer abgeschlossen hat, ist für immer gezwungen, für Militär und Regierung zu arbeiten. Da wusste er: Ich kann das nicht verantworten, denn das hier ist nicht der Mensch.

Er fand den Mut, etwas Strafbares zu unternehmen, um rausgeworfen zu werden. Es war strengstens verboten, Kontakte ins Ausland zu pflegen. Das war seine Chance: Er liess sich absichtlich dabei erwischen. Unter Schimpf und Schande wurde er entlassen. Gott sei Dank nach Hause und nicht in eine Zelle oder ins Grab! Haitaos Studienkollegen bekamen währenddessen Sterne auf die Schultern als Auszeichnung ihres höheren Grades, aber er folgte lieber seinem eigenen Stern.

Nach dem Rausschmiss musste er sich ins Ausland begeben, was er eigentlich schon immer hatte tun wollen. Aber wie im Ausland eine Bleibe finden, wenn die meisten Internetseiten durch die Firewalls der Regierung blockiert werden? Google, YouTube, Facebook, Twitter – in China alles gesperrt. Nur kleine, unbekannte Internetseiten schlüpfen unter der Feuerwand hindurch. Die Camphill-Bewegung zum Beispiel – dorfähnliche Gemeinschaften in zwanzig Ländern, die sich heilpädagogischen Menschen annehmen.

Und so begann Haitaos Weg westwärts. In einem tief verschneiten Winter reiste er nach Schottland in eine Camphill-Gemeinschaft, um das Wesen des Menschen zu studieren.

4. Nichts stirbt, alles verändert sich

Die weisse Zaghaftigkeit des Kirschbaums vor ihrem Fenster ist mit den Maiwinden davongeweht, und Emily ist bereit für den Tod.

Der Bestatter erwartet sie zum Mittagessen. «Man soll zuerst gut essen und das Leben feiern, bevor man sich mit dem Tod befasst», hat er ihr am Telefon mitgeteilt. Ihr erster Arbeitstag fängt also mit einem guten Mahl an.

Kribbelig vor Aufregung braust sie über die Autobahn ins aargauische Fricktal. Vor ihr rast während der ganzen Fahrt ein pfeilschneller Spengler. Das steht zumindest auf dem Heck des Lieferwagens. Ab und zu hängt der tätowierte Arm des Spenglers aus dem Fenster, um die Asche einer glimmenden Zigarette abzuschütteln. Emily kann den bissigen Qualm bis in ihr Auto riechen. Wieder erscheint der Arm, wird einen Atemzug lang eingezogen, erscheint wieder, wird eingezogen, erscheint … Emily ist völlig hypnotisiert von diesem mit Totenköpfen übersäten Arm, der erscheint und verschwindet, ohne einem Zusammenhang anzugehören – ein loser Knebel mit Glimmrute dran.

Irgendwann lassen die Finger das Stummelchen fallen. Der Arm bleibt von nun an drinnen. Das Spiel hat Emily dermassen in Bann gerissen, dass sie beinahe die Ausfahrt Frick verpasst. Lebensgefährlich jagt sie quer vor einem Lastwagen durch und erspäht noch, wie der tätowierte Spenglerarm inzwischen wieder draussen hängt und einen Musiktakt auf die Kiste haut.

Auf dem Dorfplatz sitzt ein uralter Bauer auf einem Rollator und winkt jedem vorüberfahrenden Auto mit einer teigigen Armbewegung zu.

Emily nähert sich dem Bestattungsinstitut, vor dem ebenfalls ein Bach vorbeirauscht. Mit einem mutigen Ruck betritt sie das umgebaute Bauernhaus. Der Bestatter steht in der Kochschürze am Herd und wühlt mit der Kelle in einer Pfanne Spaghetti herum.

Er stellt sich als Noah vor. Am Tisch sitzen ausserdem seine Frau, zwei Mitarbeiter und sein Sohn, der Most trinkt. Emily lernt Noah als geerdeten Walliser mit Sinn fürs Spirituelle kennen. Meistens lugt schräg eine räuchelnde Pfeife aus seinem Mund, sofern er nicht eine seiner Lebensweisheiten am Auspacken ist. Noahs Sohn hat ein Stückchen britischen Humor verschluckt. Während er selbst todernst bleibt, gibt es in seiner Gegenwart immer etwas zu lachen. Sogar für die Trauerfamilien.

Nebenan im Wohnzimmer gleich drei Pendeluhren! Aber sie verhalten sich mucksmäuschenstill. Nur zur vollen Stunde schleudern sie selbstbewusste Gongtöne in den Raum.

Am ersten Tag stirbt niemand. In aller Ruhe bereiten sie Urnenschmuck vor und räumen das Sarglager auf.

Bei Noah sehen alle Särge gleich aus: schlichtes Tannenholz, behaglich gestaltet. «Ob Bankdirektor oder Bauer, im Tod sind alle gleich.»

Er sei nicht so der Sargverkäufer. Auch von teurem Satinfutter fürs Sarginnere hält er wenig. Unschickliches Münzenmelken am Tod. Einfache Baumwolldecken werden bei ihm als Futter verwendet, die mit Blumen geschmückt werden oder dem, was die Natur zu gegebener Jahreszeit verschenkt: Ähren, Weinblätter, Christrosen …

Wenn es jemand wünscht, weil es für ihn von Bedeutung ist, kann er bei Noah selbstverständlich ungeniert alles bekommen: von Kugelurnen mit dem Sternhimmel drauf über gewellte Särge oder Eichensärge mit Intarsien vom Typ *Lebensweg* bis hin zu Abendmahl-Särgen, die normalerweise für Priester bestellt werden.

Die Särge liegen aufeinandergestapelt auf dem ehemaligen Heuschober: Standardgrössen, überlange und überbreite. Auf einem Regalbrett die weissen Kindersärglein – von einem Meter vierzig abwärts bis zu den Kistchen für Embryonen und Föten.

Emily setzt sich auf einen Sarg und stellt fest: «Wir warten auf den Tod.»

Noahs Sohn korrigiert: «Was ‹auf den Tod›? Der ist unser Chef. Wir warten auf Kunden!»

Bestatter hätten schwarzen Humor – nicht bösartig, aber man brauche auch seine Verarbeitungsstrategien. Pathologen und Präparatoren, umgangssprachlich Schnetzler genannt, seien noch drastisch fröhlicher.

Ein Telefonat unterbricht die Ironie. Alle horchen auf. Noahs Sohn nimmt den Hörer und schaltet auf Lautsprecher, damit die Mitarbeiter gleich informiert sind.

«Meine Frau hat Nasenbluten!», vermeldet eine aufgescheuchte Männerstimme.

«Das tut mir leid. Hier ist jedoch der Bestattungsdienst.»

«Aber sie hat starkes Nasenbluten, verstehen Sie?!»

«Ja, aber hier ist trotzdem der Bestattungsdienst.»

«Hören Sie doch, seit drei Tagen läuft ihr das rauschende Blut zur Nase raus!»

«Ja lebt sie denn noch?»

«Natürlich, und wie! Aber die Nase! Helfen Sie doch!»

«Gehen Sie zum Arzt, aber doch nicht zum Bestatter!»

«Was? Bestatter?!»

Piep piep piep ...

Auch Noahs Sohn legt den Hörer auf.

«Die Endziffern des Dorfarztes sind die vertauschten Nummern unseres Telefons. Wir sind es uns schon gewohnt. Emily, möchtest du den Raum der Stille staubsaugen? An einem todlosen Tag hat man wenigstens Zeit zum Putzen.»

Sie kommt sich deplatziert vor, wie sie mit dem Staubsauger den Raum betritt, der den Toten gehört. Einfach ist es hier drinnen. Dämmerlicht. Eine Aufbahrungslade mit Kühlelement. Eine verschnörkelte Bauernkommode, auf der Kerzen stehen. Blumenvasen. Zwei Ohrensessel zum Verweilen. Eine Wanduhr bringt Ruhe, gar etwas Geborgenheit in die unterbrochene Zeit.

«Der Tod hebt immer die Zeit auf – besonders jene der Angehörigen», sagt Noah hinter ihr. Die Pfeife ragt wie ein sechster Finger aus seiner Hand. «Ein Stückchen Ewigkeit schlüpft auf leisen Sohlen durch die zerbrochenen Zeitfenster, sammelt sorgsam die zerschellten Tränen ein, hebt sie auf für später. Vielleicht werden sie zu Weihwasser.»

Emily muss an C. G. Jungs Pendeluhr in Doktor Schiwagos Sprechzimmer denken. Die Lebenden halten die Uhr an, um ein bisschen mit Ewigkeit zu lüften. Für die Verstorbenen wird Zeit reingeschmuggelt, um den Übergang sanfter zu gestalten.

«Es hat hier drin schon mal ein Sohn mit seinem verstorbenen Vater einen Fussballmatch geschaut», erinnert sich Noah. «Andere wünschen Musik, von Bach bis AC/DC. Wieder andere bevorzugen absolute Stille.»

«Ist jemand gestorben?», platzt Emily am nächsten Tag aufgeregt herein.

«Leider nein», antwortet Noahs Sohn gereizt. «Nur ein Telefonat von einem, der zweimal hintereinander die Nummer verwählte und zuerst beim Arzt, dann beim Bestatter einen Tisch in der Dorfbeiz reservierte. Ich kann ja nicht gut Werbung für unsere Dienste machen: Informieren Sie sich kostenlos! Kommen Sie unverbindlich vorbei!»

«Der Tod kennt keine Spielregeln und keine Öffnungszeiten», relativiert Noah. «Bereit sein ist alles.»

Indessen heisst es Rechnungen schreiben, jassen und schliesslich noch das Leichenauto putzen. Noah zeigt Emily, wie man aus der grossen Garage mit Vorhängen zusätzliche Andachtsräume gestalten kann.

«An Auffahrt lagen hier sieben Menschen aufgebahrt. In der ganzen Umgebung wurde gestorben. Tag und Nacht waren wir unterwegs und haben sie alle eingesammelt. Ja, ja, an Auffahrt sind sie allesamt aufgefahren.»

«Ich habe manchmal Angst, für tot gehalten und bei lebendigem Leibe begraben zu werden.»

«Vergiss es, bei *der* Bürokratie! Ohne Todesbescheinigung des Arztes darf eh nicht eingesargt werden. Eines der drei sicheren Todesanzeichen muss erfüllt sein: erstens Totenflecken am tiefsten Punkt des Körpers, daher meistens auf dem Rücken; zweitens Totenstarre – nach vier Stunden kannst du mich, so wie ich hier sitze, hochheben, und ich bleibe dir sitzend erhalten; drittens Grünverfärbung des Körpers aufgrund der Verwesung. Fängt im Magen-Darm-Trakt an, weil dort die meisten Würmer leben. In einem Meter sechzig Bodentiefe gibt es keine Würmer mehr. Der Körper zersetzt sich von innen her selbst, weil er ja die Würmer gleich mitbringt.

Komm, wir gehen Mittag essen!»

Am grossen Küchentisch sitzen sie schweigend bei einem Pouletschenkel.

«Wir sollten mal im Krankenhaus anrufen und mitteilen, wir hätten grad Zeit. Es gäbe fünfzig Prozent Rabatt auf jeden Transport», murmelt Noahs Sohn.

Emily ist sich sicher, dass die Toten Humor haben.

Pünktlich am Mittwochmorgen um sieben Uhr dreissig stirbt ein Italiener. Das Spital Rheinfelden ruft unverzüglich an. Noah und Emily schwingen sich ins Leichenauto. Im Sieben-Meter-Schlitten segeln sie geräuschlos über den Asphalt. Einen pompösen Moment lang kommt es Emily vor, als sei Noah der Unterweltsgott Hades und sie der Totenbegleiter Hermes.

«Die Totenkarosse ist eigentlich eine edle Mercedes-Limousine», erklärt Noah. «Man nehme einen Mercedes, säge ihn in der Mitte durch, hänge noch eine halbe Limousine rein und löte sie wieder zusammen. Es muss schliesslich hinten einer liegen und nicht sitzen. Bezahlen tust du trotzdem für zwei Limousinen, obwohl du nur anderthalb bekommst, da es sich um eine Spezialanfertigung handelt. Eine ganze Serie würde nicht rentieren.»

Sie biegen in die Lieferanteneinfahrt der pathologischen Abteilung ein, wo die Verstorbenen im Kühlschrank gelagert werden. Der Mann liegt nackt unter einem Tuch, nur der grosse Zeh mit dem obligatorischen Toten-Accessoire lugt hervor, korrekt mit Name und Todesdatum versehen.

«Warum nicht ein Armband wie bei den Neugeborenen?», wundert sich Emily.

«Zweckdienlich, damit du nur ein Leintuchzipfelchen abdecken musst, um zu erfahren, ob du den Richtigen mitnimmst.»

Lageristenstimmung kommt auf, als sie die rollende Bahre mit dem gefüllten Sack drauf durch die kahlen Gänge chauffieren. Mit einem Toten im Gepäck gleiten sie wenig später in den Morgenverkehr hinein.

Einen wirklichen Toten hat Emily als Erwachsene noch nie gesehen. Was sie im Anatomieunterricht im Medizinstudium zerlegt hat, ist ihr jedenfalls nicht wie ein Toter vorgekommen. Es war eher ein Präparat, das erstickend intensiv nach Formalin roch.

Sie holen also Emilys ersten sichtbaren Verstorbenen, eingewickelt in eine Hülle, ‹heim› in Noahs Hadesreich zur Waschung, Einölung und Ankleidung. Ihr erster Eindruck des Toten: Hier wird nicht etwa sanft geruht. Hier steht jemand mit einer gewaltigen Präsenz. Es gibt keine Augen mehr, die dich anblicken. Dieser ganze Körper hier hat dich im Visier. Oder sieht dich gar das ganze Zimmer an, als würdest du von einem personifizierten Raum angeschaut – *durch*schaut?

Daran knüpft sich der Gedanke: Das Leben ist für das Bewusstsein unsichtbar, ausser bei einem Toten. Dort treten Leben und Bewusstsein getrennt auf. Der Geist breitet sich lebhaft im Raum aus, während reglose Materie auf der Bahre liegen bleibt.

«Was wir hier haben, ist nur die Hülle», erklärt Noah. «Das Wesen dieser Person kann überall sein. Das heisst aber nicht, dass man ihre Hülle geringschätzig behandeln darf. Wenn man nicht anständig mit den Leuten umgeht, kommen sie dir im Traum nach.»

Die respektvolle Ungezwungenheit Noahs verscheucht Emilys Scheu. Er hat bereits die Grundpflege am Verstorbenen vollzogen. Als Nächstes ist die Ankleidung dran.

«Kannst du mal sein Bein anheben, damit wir ihm die Hose überziehen können?»

Das kühlschrankkühle Bein direkt aus der pathologischen Abteilung kommt ihr eigenartig schwammig vor. Was halte ich da eigentlich in den Händen? Geistverlassene Materie? Was ist eigentlich Geist? Und wieder der irrationale Eindruck: Ich werde von allen Seiten durchschaut.

Es gelingt ihr in keiner Weise, das Jackett überzuziehen, weil der Arm sich nicht mehr biegen lässt. «Noah, der Arm will nicht.»

«Das ist bloss ein bisschen Totenstarre. Angehörige sagen da oft: ‹Jetzt geh ich besser raus, jetzt wird's brutal.› Sie meinen, Totenstarrelösen bedeute Knochenbrechen. Aber mit langsamem Druck lässt sich dieses Hindernis leicht glätten.»

Emily langt tapfer in die Eiseshand. Kraft ihres vollen Gewichts gibt der Arm allmählich nach. Der Kittel sitzt.

«Früher gehörte zur Totenmitgift ein seidenglänzendes Sterbehemd, da Geburt, Hochzeit und Beerdigung in Weiss begangen werden sollten. Brav hielt ich mich an diese Vorschrift, bis ein stämmiger Kollege hier aus dem Dorf starb. Dem traute ich mich echt nicht, so ein Spitzennachthemdchen mit Krawättchen überzuziehen. Das wäre wirklich an seinem Wesen vorbeigeschaut gewesen. Wenn es stimmt, was die Pfarrherren predigen, dass man sich in der Form wie hier unten da oben wieder trifft, dann hätte er mich womöglich angeschnauzt: ‹Du Sack, wie hast du mich denn auf die Reise geschickt?!› Kurzum zog ich ihm seine Lieblingsklamotten an. Ebenso dem nächsten Verstorbenen, obwohl es per Reglement verboten war, einen Toten im Anzug zu beerdigen. Aber es kam kein Beamter, der den Toten aus dem Sarg lüpfte, ihn auszog und ihm stattdessen das Sterbehemd überstülpte.»

Noah gibt Emily einen Kamm, um den Verstorbenen zu frisieren.

«Rund um den Tod wuchert zu viel Business. Ein Leichenhemd ist teure Seide. Heute bringen die Angehörigen in der Regel die Lieblingskleider des Verstorbenen mit. Die lustigsten Trachten habe ich montiert zum Wohle der Hinterbliebenen. Einem Töfffahrer die Ledermontur, einem Banker sein heissgeliebtes Gartentenue, einem Jasser ein Meer voller Spielkarten und einem Mädchen ein Ballerina-Röckchen. Aber die Grundbekleidung eines Toten besteht immer aus einer Windelhose.»

«Was? Windeln? Wahnsinn!»

«Das klingt nur grotesk, ist aber normal. Ein Toter hat schliesslich keine Haltekraft mehr, weder gegen oben noch gegen unten. Deshalb müssen wir ihm helfen. Wenn wir ihn beim Ankleiden bewegen, kann schnell mal etwas herausrutschen. Gegen unten gibt's die Windel, gegen oben den Hydrostopp – ein Granulat, das Flüssigkeit bindet. Der Magensaft eines Toten ist übrigens rabenschwarz.»

Sorgfältig ziehen sie den Toten von der Bahre in den Sarg und büscheln ihn zurecht.

«Nicht jeden Verstorbenen muss man uniformiert wie einen Soldaten mit gefalteten Händen in den Sarg legen», erwähnt Noah nebenbei, während Emily die kalten Totenfinger verschränkt. «Da war mal eine alte Frau, die immer in ihrer Lieblingsposition seitlich auf dem Sofa lag. In dieser Haltung legten wir sie auch in den Sarg. Sie sah dann aus wie ein schlafendes Dornröschen im Bett.»

«Noah, sein rechtes Auge geht partout immer auf.»

«Das gibt es manchmal.» Er schiebt mit einer Pinzette ein feuchtes Papierchen unter das Augenlid. «So, nun klebt es. Selten kommt es auch vor, dass der Mund sich weder mit Stützspangen noch mit Binden schliessen lässt. Dann kriechen die Fliegen hinein. Daher muss der Mund ein wenig zugenäht werden. Früher war das der Normalfall, aber es schockiert die Angehörigen zu sehr.»

Es scheint Emily absurd, einem Toten eine Brille aufzusetzen, aber die Gläser gehören zu ihm. Also drauf damit. Auf Wunsch der italienischen Verwandten noch ein Italien-Shirt auf der Brust postieren und einen Rosenkranz um die Finger leiern. Filigran um den ganzen Körper herum Rosenköpfe als ätherische Verzierung ins Sarginnenfutter stecken, und bereit ist der Verstorbene, sich von seinen Angehörigen zu verabschieden.

«Manchmal helfen die Angehörigen bei der Totenpflege mit. Wir ermutigen sie dazu, weil es wichtig ist, dass Menschen, die eine Verbindung zum Verstorbenen haben, in den Bestattungsvorgang miteinbezogen werden. Durchs konkrete Tun kommt die Trauerverarbeitung in Gang. Das Einölen eignet sich hervorragend dazu. Das Öl dient dann nicht nur dazu, den Totengeruch zu verscheuchen. Es hilft auch, dass die Angehörigen durch die Berührung mit dem Toten Abschied nehmen können. *Be*greifen durchs Greifen.»

«Das ist besonders.»

«Leider heisst es in den Bestattungsinstituten noch zu oft: ‹Geht bitte draussen warten! Wir machen ihn bereit.› Nicht jeder taugt für den Tod. Aber wenn du es mal versuchst, merkst du vielleicht, dass Türen auf- und nicht zugehen.»

Im Werkraum stellen sie das Grabkreuz fertig: Name und Jahrzahlen mit Selbstklebern draufschreiben sowie je nach Glaubensrichtung eine Jesusfigur aus Messing annageln oder sie weglassen.

«Ich habe schon manchen Jesus ans Kreuz genagelt», plaudert Noah und haut sich prompt auf den Finger, weil das Eichenholz hart zu benageln ist. «Jetzt schlag ich mich doch glattweg selbst ans Kreuz!»

In der grossen Küche hat Noahs Sohn unterdessen die Grossleinwand heruntergefahren, um mit den Angehörigen die Todesanzeige zu entwerfen. Die Ehefrau und die Töchter des Verstorbenen gestikulieren bereits durcheinander, in welcher Reihenfolge die Angehörigen aufgelistet werden sollen. Sogleich stehen sie vor den unterdrückten Familiengeheimnissen, die zum ersten Mal ausgesprochen auf Noahs grossen Küchentisch gelegt werden: «Hat der Papa eigentlich die Adoptivtochter lieber gehabt als uns? Dann darf sie auch als Erstes aufgelistet werden.» So geschieht es. Aber eine ganze Reihe Nichten und Neffen müssen auch noch Platz haben.

«Ach, wir sind zu viele!», japst die eine Tochter aufgeregt. «Es passen nicht alle in die Anzeige rein … Oh, jetzt hab ich glatt ein Déjà-vu … Und den Pfarrer aus der Missione Cattolica Italiana müssen wir auch noch organisieren.»

Einzig bei den Italienern sei der Sarg in der Kirche immer mit dabei, sonst sei das eher unüblich, erzählt Noah später. Das gibt Emily zu denken. Wie weit darf der Tod ins Alltagsbewusstsein eintreten? Darf man einfach einen Sarg in einer Strassenbahn transportieren? Rechtlich völlig unmöglich!

«Noah, wo soll ich den Tod in meinem Bewusstsein hinstellen?»

Er mustert sie mit einer nachdenklichen Pfeife im Mundwinkel. «Entweder schiebst du ihn ins Allerheiligste rein und machst die Tür zu. Er geht somit deinem Alltagsbewusstsein verloren. Oder er bleibt im Alltag sichtbar und erlebt dadurch eine Entmystifizierung bis hin zur Entwürdigung.

Aber es gibt einen Mittelweg. Schau hier!» Er zeigt auf den Spruch über der Tür: *Memento mori*. «Diesen Spruch findest du noch über vielen alten Bauernhaustüren. ‹Gedenke des Todes!› Damit wollte man erinnern: Ein Teil von dir ist sterblich, kümmere dich lieber ums Unsterbliche, also die Liebe. Der dies bedenkt, ist bereits der Unsterbliche in dir. Anhand des Todes wird das Leben leuchtend, weil du mit dem Unsterblichen in dir in Kontakt trittst.»

Dicke Post für Emily. Sie streicht über die alten, eingravierten Buchstaben im Gestein des Türbogens und denkt: Der Tod als Lebensratgeber wertet also den Alltag sinnvoll auf. Im Gestrüpp der Endlichkeit ein Stückchen Echtzeit.

Sie schweigt die ganze Fahrt hindurch, hinten der Italiener im Sarg. Im Leichenhäuschen der katholischen Kirche Frick bahren sie ihn auf. Emily richtet ihm noch den kühlen Kopf in die richtige Richtung. «Jetzt kann man ihn anschauen kommen.»

«Nicht anschauen», berichtigt Noah, «sondern tschüss sagen.»

Auf der Heimfahrt nach Dornach macht sich ein grausiges Gewitter über die Gegend her. Ein todesschwarzer Himmel presst aus den gelben Rapsfeldern ein übernatürliches Leuchten. Gereizte Blitze zerreissen das Dunkel.

Das Eigentliche passiert nachher. Nach der äusseren Arbeit geht es im Inneren los. Bilder und Gedanken fegen wie ein Gewitter durch Emily hindurch. Ganze Konzepte über die Menschheitsentwicklung passieren mit Wucht ihr Bewusstsein. Sie kennt sich selbst nicht mehr. Gleichzeitig jagen draussen die aufgestachelten Blitze bluffend durch den Himmel.

Sie steht am Spülbecken und schält Karotten, während die Malstudentin Serena auf dem Sofa in der Studentenküche schlummert. Der tollwütige Regen fegt unermüdlich die Atmosphäre blank. Kein Geräusch kann Serena wecken. Auffallend ist ihre seltsame Angewohnheit, während der Traumfahrt ihr rechtes Auge nicht ganz zu schliessen. Es bleibt also während des Schlafes immer einen Spaltbreit offen.

Serena bewacht sich selbst, denkt Emily. Der Impuls überkommt sie, der Schlafenden das Auge wie bei einer Toten zu schliessen. Sie scheppert in der Küche rum, während Serena stoisch weiterschläft. Unheimlich dieses schauende Auge, während Emily Schnittlauch hackt! Wie bei den Toten hat sie keine Kontrolle darüber, *was* eigentlich von *wem* gesehen wird. Dadurch siehst du plötzlich selbst mehr, überlegt Emily und rührt unwohl in der Mayonnaise.

Auch an ihrem Vorzugsort (in ihrer Mönchsklause auf dem Bett) ist ihr, als ob sie mindestens zu zweit wären. Etwa wegen der Doppelbettstatt, die sie mit dem Chinesen Haitao teilt – einzig durch ein dünnes Wändchen getrennt? Oder wegen der Spinne über ihrem Bett? Wenn die dort oben stirbt, fällt die mir dann auf den Kopf?

Serena hat ihr gesagt, sie lasse die ganze Nacht hindurch das Licht brennen, weil sie Angst habe, dass ihr aus der Dunkelheit etwas entgegenkomme. In dieser Nacht geht es Emily genauso. Im Halbschlaf wähnt sie neben dem Bett ein Objekt. Eine Schlange! Nicht etwa wie ein Schosshündchen gemütlich zusammengerollt zu einer lebenden Spirale, sondern als starr ausgestrecktes Lineal auf dem Rücken. Es handelt sich aber nicht um Totenstarre. Dieser gespannte Schlangenmuskel wacht an Emilys Bettstatt und zwingt sie als ebensolche atemgestockte Schnur dazuliegen, als wäre sie im eigenen Körper eingemauert.

«Halte in deinem Sarg inne und denke!», scheint ihr die mörderische Schnur im Dämmerschlaf einzuflössen. Emily weiss aber nicht, worüber sie hätte nachdenken sollen.

Am andern Morgen kommen die Inhalte ihres Denkapparates wieder in Schwung. Ihre rechte und linke Hirnhälfte haben sich wohl vor dem Einschlafen im Duell getroffen. Eine übermässig tote Schlange, die üppigstes Leben liefert, und das unerklärliche Paradox, dass der Tod äusserlich einen starren Gesellen vorgaukelt, im Innern aber vor Leben strotzt. Die Schlafenden, die ja jede Nacht den Tod üben, essen sich in dieser nährenden Lebensfülle satt, um morgens wieder fit aus ihren Nestern zu steigen.

«Du hast mich nicht vergessen?!», freut sich Ariane frühmorgens durch den Telefonhörer.

«Natürlich nicht! Menschen, mit denen man zusammen geweint hat, vergisst man nie mehr.»

Ariane plaudert von den Pferden, die sie jetzt betreut. Wobei die Pferde wohl eher sie betreuen. Aber auf Platz Nummer eins in ihrer Wichtigkeitsskala kommen natürlich Doktor Schiwago und die Dichter, unmittelbar gefolgt von ihrer Messersammlung auf Platz Nummer anderthalb.

«Was liegt hinter den Dingen, die nicht gelingen? Ein in dir anwachsendes Kraftdepot. Ständig die gleichen Fehler bringen dich in die Tiefe. Jeder wirkliche Schritt vorwärts ist begleitet von Stolpern.» Anstatt einen Retter im Aussen zu erwarten, sehe sie jetzt in der Dunkelheit zu, wie ihr innerer Retter mit samtenen Schritten ihr Lebenstableau betrete. «Noch nicht so oft, wie mir lieb wäre, aber es regt sich was im Inneren. Man trägt sich selbst im Uterus aus. Eine lebenslange Schwangerschaft, die man mit sich selbst eingeht.» Sie sei eben mit Rilke im Bett und liest Emily eine Strophe vor:

> Sie wollten blühn,
> und blühn ist schön sein; doch wir wollen reifen,
> und das heißt dunkel sein und sich bemühn.

«Die Toten können ganz schön laut sein», behauptet Emily, während sie sich mit Noah und einer Toten auf der Fahrt ins Krematorium Aarau befindet. «Man könnte meinen, sie wollen die Lebenden erziehen.»

«Vielleicht haben die Toten weitschweifigere Aussicht. Ich erinnere mich an eine Frau, die viele Jahre lang von ihrer Schwiegermutter schikaniert wurde. Nach deren Tod geht die Frau in die Küche. Als sie hochschaut, erscheint die Schwiegermutter. Sie denkt: Was macht die noch hier, die ist doch tot! Aber die Schwiegermutter steht vollständig real vor ihr mit Bändeln in den Händen, die sie abzieht und löst. Es tut mir leid, spricht die Schwiegermutter zu ihr, ich habe dich furchtbar schlecht behandelt. Dann verschwindet sie.»

«Hört sich an wie im Märchen.»

«Passiert aber auch in der Wirklichkeit, nur trauen sich die Leute nicht, darüber zu sprechen, weil es nicht zum vorherrschenden Weltbild passt.»

Emily zupft einen Katalog aus dem Handschuhfach. Hunderte von Urnen aus Holz, Ton oder Zellulosematerialien sind zum Kauf abgebildet.

«Das Urnengeschäft boomt bei heute bis zu neunzig Prozent Urnenbestattungen», erläutert Noah. «Es vergeht kaum eine Woche, in der uns nicht ein Prospekt mit neuen Urnenkollektionen zugesandt wird. Auch Künstler und Töpfersleute bieten gerne ihre neusten Werke an. Ich denke dann immer: Warum als Angehöriger nicht selbst in Aktion treten, statt es zu delegieren? Ein Trauerprozess beginnt damit, selbst etwas zu tun. Familienangehörige gestalteten wahre Kunstwerke durch das Bemalen von Särgen und Urnen. Man braucht dazu kein ausgebildeter Künstler zu sein. Und wenn einer weiss, dass er die Asche sowieso im Rhein ausleert, warum ihm noch eine vierhundertfränkige Urne andrehen, wenn auch ein Mehlsack dafür taugt, der erst noch viel persönlicher herauskommt, da die Angehörigen ihn selbst entwerfen und bemalen können?»

«Kann man die Asche überall verstreuen?»

«In den meisten Kantonen, ja. Du kannst die Urne oder die Asche einem See, einem Fluss, dem Wind oder dem Wald anvertrauen. Allerdings wäre in diesem Fall anzuraten, dem Förster Bescheid zu geben. Sonst steht der plötzlich da und fragt: ‹Was macht ihr hier?› Und du, verlegen: ‹Äh, eine Beerdigung.›

In Deutschland gilt eine gesetzliche Friedhofspflicht. Deshalb schicken uns Deutsche immer wieder Urnen, um sie hier in der Natur zu bestatten. Der Urnenversand von Deutschland in die Schweiz läuft bequem per Post.»

«Trotzdem schade, dass sie die Urne nicht bei sich zu Hause in Deutschland beisetzen können.»

«Oh, dafür gibt's den Urnenschmuggel. Wir kriegen also legal gefüllte Urnen aus Deutschland zwecks offizieller Naturbestattung, die aber gar nicht stattfindet. Verwandte holen die volle Urne heimlich wieder nach Deutschland zurück. So verrückt geht es auf dem Zoll auch nicht zu und her, dass die eine Busse auf einen Eingeäscherten austeilen – sofern sie überhaupt kapieren, was in diesem Topf drin ist.»

Schon von weitem erkennt Emily die massigen Säulen des Krematoriums, das wie ein griechischer Tempel in die Sphäre von Feuer und Verwandlung führt. Zwei steinerne Sphinxe bewachen vor den Säulen liegend den Eingang. Emily und Noah passieren die Friedhofsmauer und fahren durch eine Lindenallee zur Pforte hoch. Ob die Toten nachts wie Ballons ins Licht fliegen?, fragt sich Emily plötzlich.

Nachdem sie den Sarg ausgeladen haben, zeigt Noah Emily als Erstes den Kühlraum. Zwölf wartende Särge in Reih und Glied.

«Emily, erledigst du den Hoteleintrag?»

«Den was?!»

«Links beim Eingang liegt das Gästebuch, wo du die Namen der Neuankommenden einzutragen hast, damit sie den Richtigen in Brand stecken.»

Beim Anblick des Rundofens erschauert Emily. Bilder von Konzentrationslagern schieben sich in ihr Bewusstsein. Sie schaut durchs Guckloch. Eine rotglühende

Flammenhölle – oder ein Flammenhimmel? – lodert Emily in die Augen.

«Achthundertfünfzig Grad Celsius vollenden hier drinnen einen Tanz um Knochen», informiert Noah. «Ich werde dereinst locker davonbrennen, denn Fett heizt ein, aber bei dir müsste noch weidlich mit Sauerstoffzufuhr nachgeholfen werden, damit du anständig verglühst.»

Sie steigen neben dem Ofen ein Treppchen nach unten. In den Hades, schwant es Emily. Durch mehrere Auskühlungskammern fällt die Asche in die Tiefe. Dort unten in einer kleinen Werkstatt steht ein Mann im Trägershirt, schwitzt und summt und fährt mit einem Metallblock über ein Häufchen Asche, das er auf einer Werkbank ausgestreut hat.

«Was macht *der* denn?»

«Er holt mit einem Magnet die Sargnägel aus der Asche. Übrig bleiben Knochenstücke und die Asche des Holzsarges.»

Der fröhlich Summende nimmt seine Gesichtsmaske ab, die ihn vor dem Aschenstaub schützen soll, und begrüsst die beiden.

«Das ist alles, was von einem Menschenkörper übrig bleibt?», staunt Emily.

«Ja, bloss dieses bisschen mineralisierte Knöchelchen. Reinster Kalk.» Er reicht Emily ein poröses Knochenstück. «Vollkommen ausgeglüht.»

Emily befühlt den Knochen. «Wie nennt sich Ihr Beruf eigentlich?»

«Ofenwart – also warten am Ofen», schalkt er. «Edler ausgedrückt: Kremateur … für Frauen vielleicht Kremateuse.» Die Endsilbe spricht er genüsslich gedehnt aus und lacht vergnügt. Mit einem Besen sammelt er die metallgereinigte Asche zusammen und schüttet sie in einen seltsamen Kasten, der dann zu rumpeln anfängt. «Darf ich vorstellen: die Aschenmühle! Die mahlt die Knochen zu Feinstaub, so dass du gar eine Luftbestattung machen könntest», scherzt er weiter.

Emily versteht allmählich, dass der eigentümliche Humor der Menschen in den Totenberufen ein Ausdruck von Leben ist. Egal ob schwarz, weiss, gerade oder schräg, der Humor ist eine Strategie des Lebens, die Oberhand über den Tod zu behalten und die Arbeit rund um den Tod schicklich zu gewährleisten.

Die Mühle knorzt währenddessen über die Knochen. Auf der linken Seite rinnt die Asche in die Urne hinein, auf der rechten Seite hüpft ein Draht hinaus.

«Ach, nur ein Titandrähtchen eines Hüftgelenks. Die Aschenmühle würde auch Edelmetalle aussortieren, wären welche vorhanden, etwa einen Goldzahn. Den müsste ich natürlich treu in die Urne mit hineinlegen. Wir sind ja hier keine Grabräuber.»

«Was ist denn das?!» Ein Eimer randvoll gefüllt mit verbogenen Metallteilen. An einer Pinnwand prangen aufgenagelt verschiedene solcher unkenntlichen Gegenstände.

«Fremdkörper, die in den Körpern waren. Implantate, Stützschrauben aus Wirbelsäulen, Pfannen von Hüftgelenken … Diese Scheibe hier war wohl ein künstliches Schädelteil. Und dieses Kästchen ist ein aufgeplatzter Herzschrittmacher. Die Anordnung ist jetzt, dass Herzschrittmacher vor der Kremation aus den Toten entfernt werden müssen. Man macht einen kleinen Schnitt, nimmt das Kästchen raus und näht die Haut wieder zu. Ganz einfach.»

«Wozu das?»

«Wenn der Akku des Herzschrittmachers vom Feuer erfasst wird, gibt es einen unbändigen Knall wie ein Gewehrschuss. Die Ofenwände gehen davon schneller kaputt, so dass die Revision zu teuer wird. Es geht immer ums Business. Oh je, jetzt muss ich weitermachen. Die Warteschlange oben ist noch lang.»

«Gibt es auch Tage, an denen keiner kommt?»

«Das nicht, gestorben wird immer. Aber während der Schulferien ist es seltsamerweise ruhiger. Als ob die Sterbenden warten würden, bis ihre Angehörigen aus den Ferien zurückkommen.»

Am Empfang erhält Noah drei gefüllte Transporturnen. «Nimmst du die Elfi? Ich trage die Männer.» Er reicht Emily eine Urne. «Vor ein paar Tagen habe ich sie liegend hergefahren, jetzt können sie im Kofferraum sitzen.»

Sie tragen die Urnen in ihren Armen und spazieren via Friedhof zum Parkplatz.

«Die Ofenwarte sind auch Gärtner und schauen hier auf dem grossen Friedhof nach dem Rechten. Man kann schliesslich nicht den ganzen Tag Särge in den Ofen schieben. Blumen gehören als Ausgleich zu den Totenberufen.»

«Genau wie der Humor …»

«Ah, schau da hinten! Das ist das Winzlingsgrab. Alle zwei Wochen finden Sammelkremationen mit allen Frühgeburten statt. Ab dem sechsten Schwangerschaftsmonat ist ein Kind bestattungspflichtig. Logisch, ist ja alles dran bis hin zu den Fingernägelchen! Früher ging es ruppiger zu und her. Da landeten die kleinen Menschlein im Spitalmüll, genannt Humanabfall. Klosterfrauen schritten gelegentlich ein, um die Kleinen dem nächsten Toten mit ins Grab zu geben.»

«Geht es eigentlich zügig voran mit der Verwesung?»

«Oh, das ist ein anderes Thema. Der hiesige Lehmboden dient ja geradezu als Konservierungsmittel. Es ergeht den Menschenleibern nicht anders als den Sauriern, die man in dieser Gegend nach Millionen von Jahren fast intakt ausgegraben hat. Die Friedhöfe sind deshalb voller Wachsleichen, weil sich in den Jahrzehnten eine weisse Konservierungsschicht über die Körper zieht. Aber verrotten tut da nix.

Auf diesem Friedhof hier sind zusätzlich keine Holzurnen zugelassen, nur Tonurnen, weil die gar nicht verrotten.»

«Hä? Die sollen doch verrotten.»

«Da liegt ja gerade der Hund begraben. Nach fünfundzwanzig Jahren kriegen die Angehörigen ein Briefchen: Das Ausgraben und Aschebeisetzen auf dem Gemeinschaftsgrab oder zu Hause koste hundert Franken. Das bringt ganz schön Batzen rein.»

Zurück in Noahs Bauernhaus trägt Emily die Blumen aus dem Blumengrosshandel vom Auto in den Schatten. «Beinahe hätte ich die Urnen vergessen! Ich hoffe, es schadet ihnen nicht, im heissen Kofferraum zu warten.»

«Wo denkst du hin? Denen ist schon mal ordentlich warm geworden.»

Noah schüttet die Asche von der Transporturne in die für sie bestimmte Urne. Emily holt noch die letzte aus dem Auto und trägt sie fest an sich gepresst als einmalige Kostbarkeit – wie Ariane, die ihren Stoffesel mit Hingabe an sich drückt, als wäre es ein Freund.

Der Philosophiestudent Jared kommt mit karrenschmierigen Händen in die Küche. Sein lottriges Harley-Motorrad ist neben der Havanna-Zigarre seine liebste Freundin. Ganze Abende lang kann er an seiner Geliebten herumschrauben.

Wo er den heissen Feuerstuhl eigentlich herhabe?

«Aus dem Kompost.» Er schlurft auf den Balkon mit Fichte, Hegel und anderen deutschen Idealisten unter dem Arm, um ein geruhsames Abendstündchen lang in deren hohen Gesellschaft zu verkehren. Selbst die trockenste Philosophenliteratur gestaltet er zu einem Schmaus. Zuerst saugt er die ganze Buchseite mit seiner Nase auf. Genüsslich lässt er diese von oben nach unten übers Papier gleiten. Danach verspeist er den Inhalt mit Geisteskraft. So verfährt er mit jeder neuen Seite. Erst genussvoll die Sinnesorgane schärfen, dann mit dem Messer des Intellekts hinterher. Dergestalt ‹isst› er sich durch die Bücher hindurch.

Bewusstsein und Leben, die zwei Pole des Menschen, bewegen ihn am meisten und er sie. «Die heutige Welt bis in den abgefackelten Amazonas hinaus ist Abbild des vorherrschenden Bewusstseins. Wie wir denken, so wird die Welt, und diese strahlt zurück auf uns.»

Serena lässt lustlos Joghurt über einen bleichen Toast tröpfeln, während Jared in philosophische Fahrt kommt.

«Bewusstsein und Leben werden schon in den Mythen mit dem Baum der Erkenntnis und dem Baum des Lebens zum Ausdruck gebracht», referiert er. «Bewusstsein führt zu Selbst- und Welterkenntnis, aber es ist immer ein abbauender Vorgang, weil es Nerventätigkeit voraussetzt und somit zur Tagesaktivität zählt. Nachts gehst du dich am Baum des Lebens satt essen, um deine Kräfte wieder aufzubauen. Das ganze Drama begann bildlich gesprochen mit der Vertreibung aus dem Paradies. Vorher hockten die Menschen auch tagsüber im Baum des Lebens. Das Leben tropfte ihnen aus den Ohren, aber sie hatten null Bewusstsein von irgendetwas, weil der Baum der Erkenntnis Tabu war. Dank Eva wissen wir überhaupt, dass wir Menschen sind. Nur gilt es jetzt, im Wachzustand den Weg zurück zum Baum des Lebens zu finden. Dann ist die Sache geritzt.»

Emily lässt sich erschöpft unter der Spinne auf die Matratze fallen. Das Bächlein rutscht treu vor ihrem Fenster den Hügel hinunter. Weiter abwärts verschwindet es in der Kanalisation. Der stupsende Baum der Erkenntnis lässt Emily nicht ins allnächtliche Paradies gleiten. Sie hat wieder viel zu lange gegrübelt.

Noah deckt erschreckende Blutergüsse im Gesicht eines Verstorbenen ab, als Emily zerknittert hinzutritt. Wo denn der Sarg drücke, fragt Noah.

Nicht der Sarg, das Alter drücke.

Welches Alter?

Man komme schön und gehe hässlich. Was denn da der Sinn sei?

«Der Alterungsprozess ist nur dann unsinnig, wenn der Mensch kernlos gesehen wird», entgegnet Noah und schminkt weiter. «Eine Essenz von ihm wandert in irgendeiner Form weiter. Wie wäre es, wenn der Mensch nicht bloss ein Apfel ist, sondern der Apfelbaum selbst, der sich im Werden und Vergehen seiner Blüten und Früchte immerzu erneuert über unübersichtlich lange Zeiträume?»

«Dann ist jeder Mensch für sich ein ewiger Lebensbaum», bedenkt Emily.

«Und der Tod womöglich eine geistige Neugeburt. Nichts stirbt – alles verändert sich.» Er zieht dem Verstorbenen seine Lieblingssandalen an für seine Reise, die niemals seine letzte sein wird.

Wie Emily den Toten mustert, kommt ihr der Gedanke, dass in diesem Sarg ein ganzes Weltall aufgebahrt liegt. Ihr chinesischer Zimmernachbar Haitao hat ihr letzthin erklärt, der Mensch sei ein mikroskopischer Makrokosmos. Nach altem Wissen korrespondiere jedes Organ mit einem Planeten: das Herz mit der Sonne, die Leber mit dem Jupiter, die Nieren mit der Venus …

«Verwesung», sagt Noah unvermittelt neben ihr, «wird sie nicht furchtbar missverstanden? Verwesen heisst nicht nur zerfallen, verwesen heisst: etwas wird zum Wesen.»

Emily entdeckt plötzlich, dass die geschlossenen Lider des Toten in die Pupillen hineingefallen sind und sich an der Stelle in beiden Augen eine punktartige Delle abzeichnet. Dadurch wird sichtbar, dass Pupillen tatsächlich Löcher sind. Die Fenster zur Seele haben also keine Glasscheibe, denkt Emily und beugt sich über das Gesicht des Toten. Eine Seele erlebt die Ereignisse um sie herum unmittelbar – ob wir es merken oder nicht.

«Manche Tote trocknen schnell aus», kommentiert Noah Emilys Pupilleninteresse. «Dort wo die Pupille ist, entsteht dann ein Loch, weil die Haut als ausgetrockneter Krater mit hinabgesogen wird.»

«Warum kann man die Augen nicht einfach offen lassen? Die Toten schlafen doch gar nicht; die kommen mir wacher vor als wir.»

«Praktischer Grund: Die Fliegen suchen als Erstes die Augen auf und legen ihre Eier hinein. Wüste Maden kriechen dann heraus. Nicht sehr ansehnlich. Geistiger Grund: Der Tote schaut dich an, aber in den Augen ist keiner mehr da, der sieht. Der Mensch ist auf Reisen. Vielleicht steht an seinem Ziel schon eine Hebamme, die hineinhilft in einen anderen Zustand des Seins.»

Sie rollen den Verstorbenen im offenen Sarg in den Raum der Stille.

«Man macht mehrere Geburten durch, bis man ganz auf der Welt angekommen ist», reflektiert Noah weiter. «Der Körper wird geboren, aber in der Pubertät will auch die Seele geboren werden, später das eigenständige Ich, bis man auch innerlich ein volljähriger Bürger dieser Welt ist. Das sind viele Geburten. Vielleicht stirbt ein Mensch auch mehrere Tode, selbst nach dem physischen Tod. Wer weiss das schon …?»

Bevor Emily darüber nachdenken kann, läutet vehement das Telefon. Zum ersten Mal nimmt sie ab: «Bestattungsdienst, was kann ich für Sie tun?»

«Wir haben wieder Geschnetzeltes. Sie können es abholen», vermeldet eine sachliche Stimme und legt wieder auf. Ob Noah Hackfleisch bestellt hat?

Es handelt sich aber um Säcke voller Papierschnitzel, die unter das weisse Innenfutter des Sargs kommen und regelmässig von der Gemeindekanzlei bereitgestellt werden. Die Verstorbenen ruhen sanft auf Akten. Immerhin umweltfreundlich.

Emily wartet schon ungeduldig vor den ehrwürdigen Gemäuern der Klinik Burghölzli Zürich. In wenigen Augenblicken würde Ariane heraustanzen, die sich noch in einer ambulanten Nachvisite bei Doktor Schiwago befindet.

Aber was kommt Emily da für ein Häufchen Elend entgegen? Im schönsten Blumenkleid, die Lippen knallrot und wimperntuscheverschmiert verlässt Ariane ihr Prinzenschloss. Anstelle einer Begrüssung sagt sie verbittert: «Es muss etwas passieren.»

Was denn nicht passiert sei?

«Zurückgestossen werden heisst verkleinert werden. Es sei denn, man verschafft sich wieder seine ursprüngliche Grösse …»

Mehr erfährt Emily nicht. Der sonst im Zentrum stehende Doktor Schiwago kommt mit keinem Wort vor. In der Cafeteria holen sie zwei Flaschen Schweppes Tonic und trinken es oben im Wäldchen beim C.-G.-Jung-Pavillon. Der Zürichsee liegt zufrieden unter ihnen, während Ariane vor lauter Spannung beinahe ihr Glas Bitterlimonade zu Scherben drückt. Der mit Blut hingeschmierte Wandspruch ‹Noch heute liege ich im Sarg …› ziert noch immer die Wände des Unschuldspavillons.

«Emily, es muss etwas passieren!»

Normalerweise hätte Emily nüchtern entgegnet: «Wem sagst du das?», aber der sonderbare Zustand ihrer Freundin macht jedes Wort nichtig.

Ariane bricht das Treffen vorzeitig ab. Schweigend trennen sie sich.

Um den Nachmittag in Zürich noch sinnvoll zu nutzen, fährt Emily zum Friedhof Sihlfeld, wo es laut Werbung eine Ausstellung über den Tod zu sehen gibt. Es ist Dienstag und der Friedhof somit offen. Wobei ein solcher Ort sowieso keine Montagslöcher kennt.

Neben ihr im Tram ein junger Mann zu seinem Kollegen: Er verkaufe seit neustem Gesundheitsgetränke. «S'Gschäft lauft uhuärä guät!» Die ganze Fahrt hindurch muss sich der Kollege, wie auch Emily, seine Storys über das phänomenale Elixier anhören. An der Haltestelle ‹Krematorium› stolpert Emily aus dem Tram direkt in den Friedhof Sihlfeld hinein, um dem Gesundheitsgetränk zu entkommen.

Aber hier: Gräber, nichts als Gräber. Und wo, bitte schön, soll hier eine Ausstellung sein?

Eine Frau in Schwarz tritt beunruhigt an Emily heran und flüstert diskret: «Suchen Sie auch eine Beerdigung?»

«Nein, eine Ausstellung.»

Schnell zieht Emily von dannen und steht unvermittelt in einer stillschweigenden Trauergruppe, aus der sie vor lauter starr Rumstehenden kaum den Ausweg findet. Vor einem Grabloch neigt sich eine andere Beerdigung ihrem Ende zu. Der Pfarrer hebt wie ein Engel zum Segen die Arme gen Himmel. In einer stummen Schlange stehen die Teilnehmenden an, um zum letzten Geleit noch alles Mögliche an Gegenständen ins Grab zu werfen.

Zwei Grabreihen weiter schrubbt eine Frau in Gummistiefeln mit Chlorwasser einen Grabstein rein.

«'Tschuldigung, wo ist denn hier die Ausstellung?», fragt Emily die Putzende.

«Oh, da müssen Sie sich noch mindestens eine Viertelstunde durch diverse Grabfelder schlängeln bis zum anderen Ende.»

Als Emily endlich den richtigen Ort findet, blickt sie in einen bestechend leeren Ausstellungsraum. Sorry, gestern war die Finissage. Es ist bereits alles weggeräumt.

Aus Besorgnis um ihre Freundin fährt sie zurück ins Burghölzli, das ihr wie eine düstere Festung vorkommt. Vielleicht ist Ariane noch dort. Ihre Heftigkeit kann unkontrollierbare Folgen haben. Emily macht sich Vorwürfe, dass sie ihre Freundin einfach hat ziehen lassen. Sie sucht das ganze Gelände ab und fragt gar an der Pforte. Keine Spur von Ariane. Ihr Handy hat sie ausgeschaltet. In der therapeutischen WG sei sie noch nicht eingetroffen.

In der Cafeteria holt sich Emily einen Kaffee und marschiert durchs Wäldchen zum Pavillon hoch. Jetzt hat jemand den Spruch ergänzt: ‹Noch heute liege ich im Sarg – und du mit mir!›

Genauso gedrückt wie die Angehörigen eines unerwartet Verstorbenen sitzt Emily am nächsten Tag mit Noahs Sohn und den Trauernden am grossen Küchentisch.

«Will jemand mithelfen beim Zurechtmachen des Sarges?», fragt er vorsichtig. Keiner regt sich. Nur der kleine Enkelsohn ruft ein begeistertes «Jawohl!» in die Runde. Blankes Entsetzen der Erwachsenen. Aber man will ihm seinen Wunsch nicht ausschlagen.

Der Enkelsohn legt seinem Opa voller Elan Zeichnungen in den Sarg und gibt ihm noch ein Rätsel mit. «Damit Opa nicht langweilig wird.»

Für die Enkelin ist der Sarg ein Schiff. Sie sitzt im umgedrehten Sargdeckel drin und bemalt ihn singend mit farbigen Blumen. Allmählich tauen auch die Erwachsenen auf, legen Blumenketten hinein und schreiben einen Dank an den Verstorbenen. In dieser kreativen Stimmung steigen Erinnerungen in ihnen auf, die sie sich erzählen: schöne und lustige Episoden, die sie mit dem Verstorbenen erlebt haben.

Noah ist zufrieden. «Wenn Menschen anfangen, Geschichten über den Verstorbenen zu erzählen, beginnt der Trauerprozess.»

Emily ist nur zur Hälfte anwesend. Die andere Hälfte weilt bei Ariane. Sie mummelt etwas wie: «Kinder scheinen diesbezüglich reifer als Erwachsene.»

«Bestimmt. Durch die Kinder bekommen die Erwachsenen oft ein neues Verhältnis zum Tod, weil Kinder eine natürliche Beziehung zum Tod haben. Da war mal eine vife Enkelin. Als der Sarg ihrer Grossmutter in die Erde hinuntergelassen wurde, sagte sie laut und selbstverständlich in die Trauergäste hinein: ‹Jetzt pflanzen wir die Oma ein!› Für das Mädchen war die Oma durch den Tod nicht am Ende angekommen, sondern würde in irgendeiner Form weiterwachsen.»

Wie Emily auf dem Heimweg den Hügel zum Studentenwohnheim emporschlendert, stapft ein dynamischer Musiker mit einem gewaltigen Cellokasten auf dem Rücken an ihr vorbei. Ein kleiner Bub bleibt beeindruckt stehen und fragt seine Mutter in breitem Baslerdeutsch: «Hett's i däm Ghaschte e Giiiiiiraff drin?» Der Cellist gluckst amüsiert und biegt mit der Giraffe auf dem Rücken um die Ecke.

Erst im Zimmer unter der Spinne lacht Emily.

Wenn nur Ariane sich melden würde … Als sie in der therapeutischen WG angerufen hat, bekam sie bloss die Antwort, dass Ariane am Vortag spät nach Hause gekommen sei und bis auf weiteres keine Anrufe wünsche.

In einer schweigenden Reihe sitzen sie zu dritt auf der langen Bank vor dem Studentenwohnheim und vertiefen sich in das Naturschauspiel vor ihnen. Jareds Lotter-Harley lehnt am langen Hals der Engelsskulptur: Ein futuristisches Bild. Die angenehme Untergangsstimmung vor einem Gewitter lauert von Süden her, um sich der Landschaft überzustülpen. Am rechten Bildrand der Szenerie geht eine nichtsahnende Sonne in ihrem eigenen Goldspiel unter. Ein Gewitterdämon knurrt die Vergoldete an. Fasziniert blicken die drei Studenten in die unaufhaltsame Apokalypse hinaus. Das eindrucksvolle Sterben eines Tages.

«Verdammt, wir hocken hier in einem Openair-Kino», stellt Jared fest und zückt eine Havanna.

Es rumpelt im Himmel, und wieder poltert einer im Wolkengestöber. Der knurrende Donner massiert die Atmosphäre.

«Jetzt fahren sie die grollenden Bässe hoch. Der Filmsound ist echt überwältigend!», nuschelt Jared durch die Havanna hindurch.

Es beisst nochmals einer kräftig in die Luft und lässt die Wolken scheinbar wie Knusperkekse zersplittern. Zoff im Himmel. Ein ruppiger Wind kündet platzenden Regen an. Das wild gewordene Ährenmeer neben dem Haus schwappt fast über. Das Bächlein imitiert dem Klangvolumen nach den Rheinfall. Der Kirschbaum ein Rockstar. Leuchtschnüre von Blitzarrangements reissen Scherben ins Firmament.

«Wow, jetzt hängen sie auch noch Girlanden auf!», entfährt es Serena. «Wie auf der Titanic! Dort brannten auch die Lampen auf Deck, während der Koloss in die Tiefe fuhr.»

Auf der gewaltigen Naturleinwand frisst das Ultramarin allmählich das Sonnengold auf. Die Wolken rasseln düster, während dicke Regentropfen am Boden zerschellen. Genauso muss es in Ariane aussehen, denkt Emily unheimlich.

Mit einer imaginativen Fernbedienung in der Hand streckt Serena den Arm aus und schlägt pragmatisch vor: «Wir sollten das Kinoprogramm wechseln – es wird sonst schaurig nass.»

In der Studentenküche sitzen ein paar Asiaten mit Haitao am Tisch und schlürfen durchsichtige Nudeln. Dabei plappern sie pausenlos Mandarin und kichern vergnüglich in die Teigwaren hinein.

5. Wer hat die Toten gestohlen?

Der nächste Tag bringt Sonne. Aber um den verstorbenen Grossvater herrscht getrübte Stimmung. Noah hat die Familie dazu gewinnen können, beim Ankleiden zu helfen. Verklemmt stehen die Enkel da und wursteln ungeschickt mit den Kleidern am Grossvater rum.

«Also Socken ohne Löcher haben wir keine bei ihm gefunden. Grossvater hat sich die Socken wegen seines steifen Rückens immer mit Hilfe eines selbstgebastelten Drahthakens über die Füsse gestreift und dabei sämtliche Socken ruiniert.» Endlich Lachen. Der Bann ist gebrochen.

Von da an kullert eine Geschichte nach der andern über ihre Lippen: was sie mit dem Verstorbenen erlebt haben, wie er gedacht und gefühlt und was ihn ausgemacht hat. Der Grossvater lebt noch einmal von ganzem Wesen in ihnen auf – damit sie ihn dann seine Wege gehenlassen können.

«Ich verstehe jetzt den Leitspruch deines Bestattungsdienstes», wendet sich Emily bei einem gemütlichen Kaffee an Noah. «Den Angehörigen ihren Toten zurückgeben. Die Toten sind doch heutzutage zu Fremden geworden.»

«Man könnte sich fragen: Wer hat den Angehörigen die Toten weggenommen?»

«Hmm … gute Frage.»

«Ein veränderter Zeitgeist! In alten Zeiten wurden die Toten vor der Bestattung zu Hause aufgebahrt. Familie und Freunde konnten zu ihnen sprechen und ihnen adieu sagen. Aber dann wurden das Sterben und die Toten aus der Familie ausgelagert. Das Krankenhaus, der Dorfschreiner, das Bauamt oder der Gemeindeschreiber sorgten nun für Einsargung und Transport. Dadurch sind die Toten für die Angehörigen zu Fremden geworden, und was fremd ist, empfindet man als unheimlich. Den verstorbenen Grossvater anzufassen, ihm übers Haar zu streicheln, das war nun tabu.

Geschürt wurden die Ängste durch Schauermärchen. Man sprach von Leichengift, das von den Toten abgesondert werde. Eine völlig falsche Vorstellung! Leichengift gibt es nicht. Lebende sind sowieso infektiöser als Verstorbene: Tote husten und niesen nicht. Manche Spitäler verbrannten Bettzeug, wo Menschen drin verstorben sind. Sogar Spezialisten berührten die Verstorbenen so wenig wie möglich: ein paar Sägespäne in den Sarg, eilig den Körper reinwerfen, das uniforme Totenhemd überstülpen, Sargdeckel zu und ab ins Loch. Für Abschiednehmen blieb da weder Raum noch Zeit.»

«Hast du dich deswegen der Toten angenommen?»

«Das hat sich wohl schon viel früher angebahnt – bei der Geburt. Ich bin glattweg an einem Karfreitag im damals schwarzkatholischen Wallis geboren, *dem* ultimativen Todestag. Stell dir mal vor, welch Omen! Und dann werde ich doch tatsächlich Bestatter!» Er langt sich amüsiert an den Kopf. «Aber zunächst bewegte mich ein Leben lang Horror vor den Toten. Im Wallis grassierten überbordende Gruselmärchen. Wir wurden regelrecht mit Angst erzogen. Kein Kind wäre abends freiwillig zu spät nach Hause gekommen. Wenn es dunkel wird, steigen schliesslich die Toten aus ihren Gräbern und beginnen die Lebenden zu plagen. Um Mitternacht ist Hochbetrieb. Um sechs Uhr in der Früh, wenn das Betglöckchen erklingt, müssen die armen Seelen, hopp, wieder ab in ihre Spalte.

In den siebziger Jahren zog ich als junger Lehrer vom Wallis in die Nordschweiz, weil hier Lehrermangel herrschte. Nebenbei leitete ich den Kirchenchor. Der ansässige Pfarrer experimentierte mit der Tonband-Stimmenforschung. In nächtlichen Treffen hielt er spiritistische Seancen ab. Menschen konnten Fragen an Verstorbene stellen, während ein Aufnahmegerät lief. Man wartete einige Sekunden und hörte sich daraufhin das Tonband an. Scheinbar waren eindeutig Antworten zu hören, so dass sogar die Universität Bern darauf aufmerksam wurde. Meine Mutter kam extra aus dem Wallis angereist, weil sie auf solches Zeug abgefahren ist. Wir sassen also nachts in der Pfarrei am Küchentisch, während der Pfarrer vor laufendem Tonband sprach: ‹Geistige Welten, wir wollen mit euch in Kontakt treten. Die Gäste bringen folgende Fragen mit …›

Meine Mutter ganz aufgeregt zu ihrem verstorbenen Mann: ‹Vati, gibt es denn wirklich etwas im Jenseits?›

Was sagt doch das anschliessend abgespielte Band? Zuerst Stille, dann zaghaftes Fingerklopfen, das sich in einen selbstbewussten Trommelwirbel steigerte und sich wieder entfernte. Meine Mutter brach in Schluchzen aus, was der Pfarrer hüstelnd notierte. Er konnte ja nicht wissen, dass mein Vater seinerzeit der einzige Trommler in unserem Dorf gewesen war. Und das Verrückte an der Sache: Tontechniker konnten später das Geräusch eindeutig als Klang nachweisen, der von einem Trommelfell herrührte.

Als Zweites stellte ich eine Frage an meinen verstorbenen Bruder, der ein Filou gewesen war: ‹Nino, brauchst du etwas?›

Das abgehörte Tonband sagte mehrmals: ‹Bät sche, bät sche …!›

Jeder Walliser hätte sofort die Hände gefaltet, denn bei uns heisst ‹Bät sche!› nichts anderes als ‹Bete viel!›.

Der Pfarrer veröffentlichte seine Ergebnisse in einem Buch, *Wenn die Toten reden*, und mir standen vor Geisterhorror einmal mehr die Haare zu Berge. Die Sieche sind überall ume, dachte ich und traute mich nachts nicht mal mehr, im Keller eine Flasche Wein zu holen.

Dann überfielen mich eine Reihe Todeserfahrungen. Ein Kind rennt dem Fahrer vor mir direkt ins Auto. Ich sofort zur Stelle, um zu helfen. Das Mädchen stirbt in meinen Armen. Horror!

Eines Morgens, ich blinzle in die Wintersonne, und was liegt da im Schnee? Mein toter Nachbar! Ich packe ihn und schiebe ihn ins Auto – könnte ja sein, dass er nochmals herzuholen ist. Da kommt der Pfarrer um die Ecke spaziert und kann mich gerade noch stoppen. Einen Toten dürfe man nicht einfach bewegen. Es könne ja sein, dass ihn einer ermordet habe. Und um Gottes Willen doch nicht im Auto mitnehmen! Das sei ja total verboten. Ein weiterer Horror.

Tags drauf schaue ich beim Pfarrer rein. Die Pfarrköchin: Er sei schon den ganzen Morgen oben am Studieren. Ich steige hoch und klopfe mehrmals. Keine Antwort. Da öffne ich die Tür, und das Herz bleibt mir fast stehen. Der Pfarrer sitzt an seinem Tischchen und hält mit aufgestützten Ellbogen seinen Kopf. Die Augen starren mich direkt an. Oh, bitte lass es den letzten Horror sein! Der Gottesmann bewegt sich keinen

Millimeter mehr. Sofort im Spital anrufen: Der Pfarrer ist gestorben! Eine verschlafene Stimme antwortet: ‹Guter Mann, wenn einer gestorben ist, dann kommt niemand mehr.›

Was macht man jetzt? Auf der Gemeinde teilt man mir mit: ‹Das regelt der Dorfschreiner, aber der ist übers Wochenende im Tessin. Übermorgen kann er vorbeischauen.› Ja, sapperlot! Und der Pfarrer immer noch am Tisch mit aufgestützten Ellbogen. Am Sonntagabend erbarmt sich schliesslich der Dorfmetzger und kommt mit irgendeiner Holzkiste daher. Kräftig hievt er den Pfarrer vom Stuhl in die Höhe, aber der Pfarrer bleibt auch in der Luft mit aufgestützten Ellbogen sitzen – die Leichenstarre hat ihn voll ergriffen. Da realisiere ich, dass hier etwas nicht gut organisiert ist.

Es musste doch noch ein letzter Horror geschehen, bis ich begriff, dass ich vom Leben angesprochen war, etwas für die Toten und ihre Hinterbliebenen zu tun: Ein Arbeitskollege aus der Schule verstirbt eines Nachts in seinem Bett. Als ich dessen Ehefrau anrufe, um mich nach ihrem Befinden zu erkunden, jammert sie, ihr Mann liege noch immer im Bett: Niemand sei gekommen, ihn zu holen. Er sei jetzt dann kalt und steif.

Erst nach Feierabend findet die Gemeinde irgendeinen, der noch schnell Zeit hat, den Verstorbenen in den Sarg zu hauen. Seine Frau beharrt darauf, ihn nochmals zu sehen. Also Sarg auf. Jesses Maria! Sägespäne im Haar, Mund und Augen offen, die Zahnprothese schief aus dem Mund hängend. Ich dachte: Das kann es doch nicht sein!»

«Da wurdest du Bestatter?»

«Das konnte man damals gar nicht werden. Bei wem willst du einen Beruf erlernen, den es noch gar nicht gibt? Ich eröffnete zwar einen Bestattungsdienst, aber meine einzigen Kenntnisse waren: Der Tote muss vom Bett in den Sarg und dann noch das obligatorische Leichenhemd drüberstülpen. Das eigentliche Wissen rund um den Tod lehrten mich die Toten selbst. Ein achtsames Hinhören, was die jeweilige Situation sich wünscht. Und sicher einen Vierundzwanzigstundenservice sieben Tage die Woche wie die Feuerwehr. Wenn es bei den Hinterbliebenen brennt, muss man sofort löschen gehen.»

«Da waren sicher alle erleichtert, dass von nun an für die Toten gesorgt wird.»

«Denkste! In der Zeitung stand: ‹Lehrer schminkt jetzt Leichen.› Aber mit der Zeit merkten die Leute, dass ich ihnen eine neue Tür anbiete und dass im Abschiednehmen Potenzial liegt.»

«Wie hast du selbst die Mauer zu den Toten durchbrochen?», fragt Emily fasziniert. «Du lüpfst sie rum und scheinst gar keine Scheu zu haben.»

«Man muss sich der Angst stellen, dann fällt die Aufgeblähte als irreales Konstrukt in sich zusammen.»

«Du hast tatsächlich einen Bestattungsdienst eröffnet, obwohl du irrsinnig Angst vor den Toten hattest?»

«So ist es. Mit so viel Distanz wie nur möglich und mit gestreckten Fingern warf ich jeweils das Sterbehemd über die Verstorbenen und zog sie im Leintuch in den Sarg. Den verstorbenen Pfarrer musste ich nicht mal ausziehen wegen der Klosterfrauen im Rücken: Einen Pfarrer dürfe man nicht blutt sehen! Nachts in der Pathologie, mit rasendem Herzen, erwischte mich die Angst am derbsten, weil ich wusste: Hinter jeder Tür liegt ein Toter im Nest. Früher musste nämlich ein Bestatter auch nachts im Spital antreten, um den Toten vom Zimmer in den Keller zu bringen. Die Schwestern wollten mit denen gar nichts zu tun haben. Pures Muttraining für mich.

Mit der Zeit merkte ich, dass Distanz bloss neue Ängste weckt. Mit Nähe geht es nicht nur muskelmässig einfacher, es erwächst zudem Interesse und Bewusstsein.»

Emily überlegt: Die einen haben Angst vor dem Geist, weil er sich unserer Kontrolle entzieht, die anderen fürchten die Materie, weil sie unheimlich starr in der Dunkelheit rumliegen kann.

Sie ist im Begriff nach Hause zu gehen, als plötzlich eine ganze Menschengruppe vor der Tür steht, um sich vor dem offenen Sarg im Raum der Stille zu verabschieden. Der Männerchor! Nachdem sie ausgiebig gesungen haben, denkt Emily wieder ans Gehen, da kommen nochmals Besucher, diesmal mit einer Handorgel. Es sind die Jasskollegen des Verstorbenen. Sie stossen vor dem offenen Sarg auf ihn an und spielen ihm ein letztes Ständchen.

Die Kochschürze umgebunden, in einer Hand ein Glas Rotwein, zaubert Noah für die ganze Angehörigengruppe ein Nachtessen auf den grossen Küchentisch. Für ihn ist heute ein wahrer Glückstag. «Wenn Menschen aktiv Abschiedsrituale gestalten und sich nicht durch starre Traditionen schleusen lassen, kann viel passieren an innerer Verwandlung. Es wird leichtsinnig dahergeredet, die Zeit heile Wunden. Aber fehlende oder unpassende Abschiede hinterlassen bleibende Verletzungen.»

«Unter den Lebenden ist es doch auch so, wenn eine Verbindung unaufgeräumt reisst», pflichtet Emily bei.

«Ja, es ist Wundversorgung für die Seele, wenn ein Abschluss gestaltet wird. Manchmal kann er auch ulkig ausfallen. Als ein Freund von mir verstarb, nahm ich ihn in der Urne mit an seinen Stammtisch in der Dorfbeiz, wo wir ab und zu ein Gläschen zusammen getrunken haben.

‹Ich treffe mich hier mit Fritz und seiner Frau›, sagte ich zum Wirt. ‹Spinnst du?! Der ist gopferdelli gestorben!› ‹Eben, deshalb habe ich ihn gleich mitgebracht.› Ich hob die Urne hoch und marschierte an den Tisch, wo seine Frau bereits wartete.»

Als Emily die Tür zum Studentenkorridor öffnet, fällt sie beinahe über Jared, der nur mit einem Frotteetuch bekleidet auf dem Flurboden hockt und das Freiwerden der Dusche abwartet. Serena singt darinnen mit herzzerreissender Stimme gälische Liebeslieder. Jared studiert auf den kalten Flurplatten unterdessen Rosenkreuzer-Literatur. In der Alchemie gehe verdammt die Post ab, erzählt er Emily. Dort passiere echt was, wenn auch unsichtbar.

In der Nacht träumt Emily, sie wandere mit Jared durch leuchtend grüne Wiesen, auf denen Weihnachtsplätzchen auf Blumenstängeln wachsen. Es ist Karfreitag. Plötzlich verfinstert sich die Atmosphäre, und das Weihnachtsgebäck beginnt modrig zu riechen. Mitten in der Landschaft steht ein Totenbett.

«Was ist das dort auf dem Bett?», fragt Jared unheimlich und spielt auf seiner Gitarre einen psychedelischen Blues.

Es ist Ariane!, schiesst es Emily ins Bewusstsein.

«Schau hin, schau *genau* hin!», mahnt Noahs Stimme echoartig aus der Dunkelheit. Auf dem Bett liegt kein Mensch. Ein metallenes Rosenkreuz ist aufgebahrt.

«Es ist heilig, man darf es nicht anfassen», mahnt Jared.

Trotzdem fasst Emily es an, da sie in ihrer masslosen Ernüchterung jedes Verbot aufzuheben wagt. Das Metall wabbelt zu ihrem Erstaunen flüssig weich. Extremes Leben strahlt von ihm aus und pulst durch Emily hindurch. Die Dunkelheit dämmert hinweg. Es wird Ostermorgen.

Noch in den frühen Morgenstunden greift Emily zum Hörer. Aber in Arianes WG bekommt sie lediglich die Antwort, dass Ariane nicht hier sei. Alles Weitere unterliege der Schweigepflicht.

Mit überhasteter Geschwindigkeit rast Emily ins Fricktal und betritt den Bestattungsdienst. Eine Familie versammelt sich am grossen Küchentisch, um nach der Beerdigung des Vaters die Danksagungskarte zu gestalten. Die Grossleinwand wird heruntergefahren. Noahs Sohn zeigt vorgedruckte Kartenbeispiele mit den Motiven: sonnendurchflutete Waldlichtung, farbdurchtränkte Herbststimmung, zartschwebende Seerose – wobei letztere eher zu Frauen passe, es sei denn, der Verstorbene sei Rosenzüchter gewesen.

Allgemeines Schmunzeln. Nein, er habe nicht gezüchtet, er habe geschraubt, an allen möglichen Rennfahrzeugen. Nach langer Worttüftelei entscheiden sie sich für das Motiv ‹Wolke› und den kecken Spruch für den verstorbenen Rennfahrer: ‹Der Sieg kommt nach der letzten Runde …›

Für die Karteninnenseite blühen noch lebhaftere Gestaltungsideen auf. «Danke, dass ihr mit uns gelacht und geheult habt», schlägt die Tochter vor.

«Also nein, nichts mit Heulen!», wirft ihr Bruder ein. «Vater war viel zu lustig. Schreiben wir doch: Danke, dass ihr mit Vater gelacht und gefeiert habt.»

«Geht’s noch?! Ein Trunkenbold war er nicht. Vielleicht: Danke allen, die mit ihm zusammen gelacht und seinen schwarzen Humor verstanden haben. Ach, Vater wäre noch unbeholfener gewesen als wir!»

Der ganze Küchentisch wackelt vor befreitem Lachen, denn es ist plötzlich so, als sei der Verstorbene anwesend mit seiner ganzen Leichtigkeit.

«Du siehst, es geht hier nicht immer traurig zu und her», zwinkert Noahs Sohn Emily zu, die sich wohl von allen am unwohlsten fühlt. Wo verdammt steckt Ariane?

Noahs Sohn fragt die Familie: «Wofür wollt ihr *eigentlich* danken?»

Da wird es innig still. Das Eigentliche schafft sich Platz. Was war wirklich wichtig? Von da an stehen die Dankesworte fest: Danke für die tröstenden Worte, gesprochen oder geschrieben. Danke für einen Händedruck, eine stille Umarmung.

Und schon laufen die Druckmaschinen heiss in der hauseigenen Druckerei im Büro hinten.

«Das Wunderbare an unserer Arbeit ist, dass wir pro Todesfall mehr mit dem Leben als mit dem Tod zu tun haben», sagt Noahs Sohn zu Emily.

«Man hat wohl allgemein eine verkehrte Vorstellung von der Arbeit eines Bestatters.»

«Wir haben den Vorteil des Landlebens. In den Städten ist keine Rundumbetreuung möglich. Bei zehn Todesfällen pro Tag kannst du nicht dieselbe Arbeit leisten wie hier auf dem Land. Dort gehst du aufs Amt, wenn jemand stirbt. Da gibt es keine Küche, wo um elf Uhr jemand zu kochen anfängt. Da gibt es ein steriles Büro mit Öffnungszeiten für das sogenannte Trauergespräch, das wirklich traurig ist, weil es einem Verkaufsgespräch gleicht. Die Angehörigen wählen aus einem Sargkatalog eine Lade aus. Dazu ein Kissen, ein Kreuzli, die passenden Söckli … Währenddessen ist der Tote weit weg – im Spital oder im Kühlschrank.

Bei uns versuchen wir gemeinsam mit den Familien eine Sprache zu finden für das, was stumm macht. Wir sind ja immer hier in der Küche, die Toten gleich nebenan. Manchmal kochen wir spontan mit den Leuten. Wo sie vorher in einer Trauerspirale abwärts sausten, beginnen sie aufs Mal zu lachen. Das Eis bricht, und schwierige Themen dürfen am Küchentisch Platz nehmen. Man hat Zeit fürs Leben, und die Zeit, die man sich schenkt, ist bereits Verarbeitung. Wenn einer wirklich Interesse hat, darf er natürlich gerne dicke Sargkataloge wälzen, aber willst du wirklich einen Mahagonisarg Typ *Deluxe* in den Ofen werfen, wo Tannenholz erheblich heimeliger knistert? Wir möchten lieber kein Bestattungsinstitut sein.»

«Kein Bestattungsinstitut?»

«Absolut nicht, sondern ein Bestattungs*dienst.*»

Am Nachmittag machen sich Noah und Emily auf den Weg ins Spital, einen Verstorbenen abzuholen.

«Wir fahren vorher noch beim Friedhof vorbei. Nimmst du Herrn Furtwängler auf die Knie?» Herr Furtwängler ist in der Urne. Emily hält ihn wie eine Schatzkiste umschlungen, während das Leichenauto dahingleitet.

Auf dem Friedhof nimmt der Gärtner die Urne für die Beisetzung in Empfang.

«Was hat doch die Sterbeforscherin Elisabeth Kübler-Ross gesagt?», ruft Noah Emily ins Gedächtnis, während sie sich auf der Weiterfahrt befinden. «Dass der Schmetterling erst fliegen kann, wenn er den Kokon verlassen hat. Menschen sind eigentlich Schmetterlinge, aber hier auf der Erde im Kokon hockend fühlt man sich oft so, als sei man selbst der Kokon.»

In dem Moment wird am Radio bekanntgegeben, dass eine bestimmte Eisenbahnstrecke ganz in ihrer Nähe wegen eines Personenunfalls vorübergehend gesperrt ist und mit Zugsverspätungen gerechnet werden muss.

«Oh nein, bitte nicht!» Schon schrillt Noahs Handy: der Staatsanwalt. Sofort antreten, heisst es, ein Gleissuizid.

Sie kehren unverzüglich um. Noah ist als Bezirksbestatter verpflichtet, innerhalb einer halben Stunde an Ort und Stelle zu erscheinen, wenn der Staatsanwalt wegen eines aussergewöhnlichen Todesfalls eine Untersuchung anordnet.

«Diese Gleisstrecke ist bekannt für Suizide, weil sich eine psychiatrische Klinik gleich in ihrer Nähe befindet. Alle sind froh, wenn der Bestatter am Tatort eintrifft. Auf über hundert Metern liegen Körperteile zum Einsammeln verstreut. Ab da gilt es zu funktionieren. Habe ich alle zehn Finger? Zwei Ohren? Zwei Augen? Und dort liegt noch eine Hode. Höchstes Gebot: auch den kleinsten Kopfhaarfetzen zu finden, damit ihn nicht plötzlich ein Hund beim Spazieren erschnüffelt.»

Im Leichenauto fahren sie über einen Abhang direkt zu den Gleisen hinunter. Staatsanwaltschaft, Ambulanz und Polizei sind bereits vor Ort.

Emily verharrt eine geschockte Sekunde vor dem Anblick, der sich ihnen auftut. Sie bemerkt eine leichte Wahrnehmungsverschiebung ins Schwebende, eine Entrückung. Die zwei Gleise kommen ihr plötzlich wie zwei geradegezogene Schlangen vor, die sich in der Endlosigkeit küssen. Rote Farbtupfer, mal kissendick, mal murmelgross, liegen wie Blütenblätter über die zwei Schlangen verstreut – weinende Rosenköpfe …

«Emily», dringt es durch Watte von weit her aus Noah neben ihr. «Das hier ist nichts für dich. Wende dich um und geh in die andere Richtung spazieren. Die Gleise sind abgesperrt.»

Sie tut, wie ihr geheissen, und balanciert auf den eisernen Schlangenkörpern in die Gegenrichtung. Zwischendurch pflückt sie Margeriten am Gleisrand – mehr in Trance als real. Noah sammelt unterdessen die weinenden Rosenköpfe ein.

Irgendwann kehrt sie um. Ein blauer Sack liegt im Leichenauto. Noah umarmt Emily. Er zittert. «Psychosomatik», gibt er zu verstehen. «Der ganze Körper schlottert als Reaktion der Seele auf das Geschaute. Eine Umarmung ist die beste Beruhigung.»

Emily muss es wissen: «Noah, der Mensch im blauen Sack, ist es eine junge Frau?»

«Könnte sein. Sie hat vorzeitig ihren Kokon verlassen.»

«Findet der zu früh geschlüpfte Schmetterling seinen Weg nach Hause?»

«Vielleicht braucht er etwas länger, aber Schmetterlinge finden immer nach Hause.»

Emily verscheucht krampfhaft die Frage nach der Identität der Toten und schiebt das Bild der eingesammelten Fleischstücke in die Gegenwart. «Was passiert mit den Schauerbildern? Bleiben die einfach in der Seele drin?»

«Der Umgang mit den Bildern des Lebens ist eine hohe Kunst. Am Unfallort hast du mit ausgeschalteter Seele zu funktionieren. Aber nachher kommen die Bilder – so abgebrüht ist keiner, dass er sich ohne Abbild in der Seele davonstehlen könnte. Jedes Mal, wenn die Polizei anruft, fährt mir der Puls in den Hals.»

«Aber die Bilder, wo versorgst du die?»

«Das Schlimmste sind ja die Erinnerungen, weil man sie nicht steuern kann. Versorge also die Bilder nicht, ehe du sie nicht seelengerecht umgewandelt hast! Das ist die Arbeit des Bestatters. Beim Zusammennähen des zerfetzten Kokons arbeitet auch die Seele mit. Und dann die dankbaren Augen der Familie, der du zumindest eine gesunde Hand ihres Verstorbenen übergeben kannst! Trauerarbeit kann erst beginnen, wenn Realität sinnlich erlebbar ist. Der Tastsinn spielt dabei eine wesentliche Rolle.»

Er startet den Motor für die Fahrt in die Rechtsmedizin, wo sie den Kokon im blauen Sack hinbringen. Am Radio singt jemand ein Lied: *Wir drei – mein Echo, mein Schatten und ich.* Emily hört dauernd Ariane lachen.

An einer Autobahnraststätte trinken sie in der Sonne einen Kaffee zum Runterfahren.

«Es wird leicht gesagt: Behaltet ihn in Erinnerung, wie er war. Aber wie war er denn nach einem tödlichen Motorradunfall?», gibt Noah zu bedenken. «Die Fantasie werkelt jeweils als Bildentsteller tüchtig mit und zeichnet Bilder in dich hinein, die du nie gesehen hast. Wie sah wohl mein Sohn aus, nachdem er sich in den Mund geschossen hat? Und meine Tochter, die sich im Fluss ertränkte und erst Tage später gefunden wurde? Aber gegen das reale Bild eines präparierten und schön aufgebahrten Körpers hat die Fantasie kein Brot.»

In der Ferne rattert minutenlang ein Güterzug vorbei. Die Sonne blitzt auf den metallenen Waggons.

«Ein junges Mädchen aus dem Dorf sprang einmal von einer Eisenbahnbrücke direkt in die Hochspannungsdrähte», erinnert er sich. «Es muss einen unbändigen Knall erzeugt haben. Sie fiel auf die Gleise, wo sie auch noch von einem Zug erfasst wurde. Ich hatte sie gekannt, aber als ich die Körperteile einsammelte, wusste ich nicht, dass sie es war. In dem Moment hast du es nicht mit einem Menschen zu tun. Den musst du dir erst nachher in deiner Seele neu erschaffen.

In der Schule wollten die Lehrer ein Care-Team und Psychologen zur Betreuung der Mitschüler aufbieten. Ich entgegnete: ‹Das schaffen wir doch selbst! Stellt in einem leeren Klassenzimmer eine Kerze auf den Boden und schaut, was passiert!› Und tatsächlich, es passierten unglaublich schöne Dinge. Die Mitschüler schrieben Gedichte, malten, klebten Fotocollagen, sangen und tanzten Kreistänze. Etwas zusammen zu gestalten, das hilft gegen die Ohnmacht.»

Emily denkt an die Räumung ihres Medikamentenschrankes und den schummrigen Bewusstseinszustand, der schmale Gedanken eine eingeklemmte Sackgasse entlangführt. Laut überlegt sie: «Wenn du einen Suizidversuch begehst, befindest du dich in einem so verengten Bewusstseinszustand, dass du selbst in dieser Enge keinen Platz mehr findest und irgendwie in Abwesenheit gerätst. Raumvergrösserung durch Zukunftsperspektiven würde der Persönlichkeit wieder eine Bleibe im Hier und Jetzt ermöglichen.»

«Schwere Lasten können in gefährlichen Momenten den natürlichen Selbsterhaltungstrieb überwinden und verselbständigt zu Taten schreiten. Ja, wo befindet sich in diesen Augenblicken eigentlich der Mensch?»

«Noah, hast du viele Suizidopfer gesehen?»

«Viele. In den Jahrzehnten, in denen wir Angehörige von Selbstmordopfern begleiten, sind mir vier Bereiche aufgefallen, in denen Suizid gehäuft vorkommt. Da ist zum einen der Alterssuizid. Dann eine untragbar erscheinende äussere Situation. Sie ist oft mit Kurzschlusshandlungen infolge von Mobbing oder einer zerbrochenen Liebe verbunden. Dann gibt es den grossen Bereich psychischer Erkrankungen wie Depressionen oder schizophrene Episoden.

Und viertens sind da die Speziellen: oftmals sehr begabte, junge Menschen, die mit ihrem Leben hadern und ihren Platz auf der Welt nicht finden. Sie fühlen sich nirgends zu Hause, obwohl kein Grund zu finden ist, weder erblich, in der Kindheit, noch umweltbedingt. Ich erinnere mich an einen bildhübschen jungen Mann, der sich ohne erkenntlichen Grund seit Kind mit dem Leben geplagt hatte. Noch vor dreissig hängte er sich auf. In der Brusttasche ein Briefchen: ‹Ich habe die besten Eltern, die besten Geschwister, die besten Freunde, aber in meinem Körper war mir nie wohl, und auf der Erde habe ich mich nie zu Hause gefühlt, nie.›

Und was kommt im Gespräch mit den Hinterbliebenen hervor? Als Neugeborener wäre er gestorben, wenn die moderne Medizin nicht übermenschliche Wunder an ihm vollbracht hätte: Blutaustausch, weil der Rhesusfaktor nicht stimmte, komplizierte Operationen am fragilen Kinderherzchen, Brutkasten und Spezialpflege.

Es war nicht das erste Mal, dass mir genau ein solches Schicksal zu Augen und Ohren gekommen ist. Da tauchte in mir eine gewagte These auf: Sind es Leben, die nicht zum Leben bestimmt sind? Nur ein Nippen am Leben? Geboren werden und sich gleich wieder umdrehen, um sich dann anderen Aufgaben zu widmen, irgendwo hinter dem Schleier? Die moderne Medizin zwingt uns gnadenlos, zu leben. Aber verteufeln darf man sie nicht: Tausend andere Babys, denen sie das Leben durch technische Höchstleistungen neu geschenkt hat, können später aus vollen Wassern schöpfen.»

«Gibt es auch Selbstmordopfer, bei denen jeglicher Grund fehlt?»

«Ja. Ein unnennbares Leiden von Anbeginn an zwingt sie irgendwann in die Knie. Man müsste sie loben für all die Jahre, die sie ausgehalten haben.»

«Aber wie kann ich den Hinterbliebenen Trost spenden, wenn die Situation jegliche Fragen übersteigt?»

«Im Bereich des Trostes sind die einfachen Gesten nicht zu unterschätzen: ein zuhörender Raum, gestaltete Zeit mit ihren Seelenpflästerchen, eine Umarmung zwischendurch. Und die Schuldfrage ausblenden. Sie ist eine Illusion. Was weiss man schon über einen Menschen, ohne den umfassenden Gesamtzusammenhang des Daseins zu überblicken?»

«Aber die Ohnmacht … Möchte man nicht am liebsten mit dem Hammer aufs Schicksal eindreschen?»

«Oft sage ich den Hinterbliebenen: ‹Verarbeiten heisst ja sagen zum Unabänderbaren. Dein Verstorbener kommt nie mehr zurück. Es nützt nichts, wenn du wie eine Trauerweide durch die Geografie wieselst. Irgendwann muss gut sein mit deinen Tränen. Sie binden den Verstorbenen unnötig an dich fest, wo er doch weiterziehen muss. Gib ihm nicht deine Trauer mit auf den Weg! Wünsch ihm lieber alles Gute für seine Reise und bedenke, was du ihm verdankst! Wenn er dir etwas zu sagen hat, so wird er es tun. In deinen Träumen, in einem plötzlich auftauchenden Moment, in deine Gedanken hinein …› Es geht nichts verloren. In irgendeiner Form bleibt es erhalten.»

Sie fahren weiter. Liebliche Lichtstimmung über der Autobahn. Noah fährt fort, sein grosses Wissen über den Tod an Emily weiterzugeben: «Man könnte vermuten, das dunkle Halbjahr treibe Suizide voran. Weit gefehlt! Der Wonnemonat Mai ist der gefährlichste Geselle. Auch ein frohlockender Spätfrühling oder verlockender Sommeranfang wirft Menschen um. Das zeigt eine seit bald zweihundert Jahren geführte Statistik aus aller Welt. Natur und Umfeld blühen auf, nur die ohnehin schon gemarterten können nicht mithalten und fühlen sich davon ausgeschlossen.»

Emily hält den Arm aus dem offenen Sommerfenster, während der Fahrtwind ihre Haare hebt.

In ihrer üblichen Formation auf dem Studentenbänklein neben dem Steinengel haben sie ausgedehnt die Sonnenuntergangsfarben studiert. Eine lichte Sternwiese blüht nun am Himmel auf.

«Schade, dass wir die Sterne nicht mehr verstehen», sinniert Jared melancholisch. «In alten Kulturen sprachen sie noch zu den Menschen. Und was sind Sterne heute für uns? Blosse mathematische Dekorationen in einem abgegrasten Universum.»

Ein Meteor fliegt lautlos in die Atmosphäre ein und verglüht als Schnuppe. Emily fragt sich, ob dieses Himmelsteilchen soeben Selbstmord begangen hat.

Serena erhebt sich abrupt und meint, sie sei jetzt urplötzlich motiviert, eine neue Malerei anzufangen. Für sie seien Sterne Nadelstiche des Lichts in den dunkelblauen Himmelsstoff und daher inspirierende Wesen.

Nur Ariane bleibt noch immer stumm.

Der Tod hingegen geht weiter. Zusammen mit Noahs Sohn lädt Emily soeben einen zünftigen Mann in einem überbreiten Sarg von der Rollbahre ins Bestatungsfahrzeug für die Überführung ins Krematorium. Der Rücken feuert.

«Das ist noch gar nichts», macht Noahs Sohn deutlich, als er sieht, wie sehr sie sich abmüht. «Wenn man einen Mann von hundertfünfzig Kilo zu zweit vom dritten Stockwerk durch ein enges Treppenhaus in unergonomischer Haltung schleppen muss, wärst du leider nicht zu gebrauchen, Emily.»

Er holt im Büro die Papiere und trabt halb schimpfend, halb lachend wieder zurück.

«Wir haben den Falschen geladen!»

Also den Überbreiten wieder raus, dafür zwei schmale Damen in zierlichen Särgen ins Auto einpacken.

In dem Moment fährt ein hoher Lastwagen rückwärts vor die Garage: der Sarglieferant! Der Chauffeur öffnet die Lade: Von unten bis oben erscheinen gestapelte Särge. Rüstig packen alle an, je vier Särge auf ein Rollgestell, geordnet nach Länge und Breite.

Als sie in der Abenddämmerung vom Krematorium zurückkehren, fährt eine Mitarbeiterin schon einen weiteren Verstorbenen zu Noah heim.

«Heute ist Rushhour», bemerkt Noahs Sohn. «Kannst du noch, Emily?»

«Fast nicht mehr.»

«Aber den Verstorbenen willst du doch sicher noch sehen, bevor du gehst.»

«Unbedingt!»

«Siehst du, kaum geht es um Tote, lebst du wieder auf.»

Da liegt sie wieder auf der Bahre, die Materie, an sich ein stilles Material. Zugleich dieses im Raum ausgebreitete Bewusstsein, das dich von allen Seiten in Gewahrsam nimmt – schonungslos, aber nicht lieblos.

Ehrfurcht ergreift Emily. Sie wendet sich an Noah: «Noah, wie würdige ich einen Menschen?»

«Dazu musst du zuerst wissen, was der Mensch ist, sonst weisst du gar nicht, was du würdigen willst. Da wird grossmaulig über Menschenwürde palavert, und hinterher erzählt dir die moderne Wissenschaft allen Ernstes, der Mensch sei bloss dieses Häufchen ineinander verschlungener Zellen, das in der Verwesung stinkt.»

Emily kommt es fast unverschämt vor, was der Mensch über sich selbst denkt. Wir sind nicht mehr bei Trost. Diese zerfallende Zellaneinanderreihung mit Kalkstäbchen garniert soll der Mensch sein?

Serena isst auf dem Treppenabsatz ihr übliches bleiches Abendmahl: Joghurt auf gummigem Toast. Sie malt wie ein Engel und kocht wie ein Dämon. «Geh nicht in die Küche! Es ist zu schrecklich!», warnt sie Emily. Tatsächlich: Ein breiiger Klumpen schmort im Ofen.

«Weisst du, beim Malen kommt mir oft die Frage, was eigentlich der Mensch ist», sagt sie nachdenklich von ihrem Treppenabsatz aus.

Emily horcht auf. Was ist der Mensch?

«Ich überlege dann zuerst: Ein Gott, was ist *das* eigentlich für einer? Ein kreativer Typ, der etwas zum Wohle aller aus Gedankenkraft schöpfen kann. Und was ist ein Gott noch? Er ist frei. Und der Mensch? Der kann etwas erschaffen, das allen dient, also nicht nur Atombomben und solches Zeug. Auch kann er frei darin sein, wie er handeln und sich zu den Begebenheiten stellen will, sogar in Gefangenschaft – man denke an Viktor Frankl oder Nelson Mandela. Der Mensch ist also ein Teilzeit-Gott en miniature.»

Den Samstagmorgen will Emily allein im Arlesheimer Ermitage-Park verbringen mit der Devise: Nerven runterfahren.

In der Nähe der Weiher sonnt sich ein Mann ausgestreckt auf einer Parkbank. Emily hätte ihn am liebsten eingesargt! Sie will ihre Ruhe, aber auf dem Spaziergang kreuzen übertrieben viele Leute ihren Weg, so dass sie alle zehn Sekunden anstandshalber ein ‹Grüezi› rausdrücken muss. Es ist zu anstrengend. Sie verkrümelt sich im Wald. Aber Motorsägen heulen, und irgendwo wird geschossen.

Also geht sie heim ins Bett. Aber da kommt sie sich wie aufgebahrt vor. «Herrgott nochmal!» Aufständisch steht sie von der Bettbahre wieder auf.

«Ist was?», fragt Serena unschuldig auf dem Gang.

«Nein», sagt Emily.

Wieder Montagmorgen. Eine Fahrt in die Rechtsmedizin Zürich steht an.

«Ein Verstorbener will in seine Heimat zurückgeholt werden», vermeldet Noah.

«Dem ist doch alles egal», knurrt Emily.

«Seine Angehörigen leben im Fricktal.»

«Ach so.»

Die pathologische Abteilung befindet sich in der Universität Zürich Irchel. Der Pathologe zieht den unter einem Leintuch liegenden Toten mit Schwung aus dem gigantischen Kühlschrank hervor.

«Den hat's übel erwischt. Einer ging ihm mit Gift an den Kragen.»

Emily wird schummrig. Ein Ermordeter? Der Pathologe deckt das Leintuch ab. Emily glaubt das Bewusstsein zu verlieren: Vor ihr auf dem Tisch liegt Doktor Schiwago! Weiss und tot.

«Alles in Ordnung, Emily?», fragt Noah besorgt.

«Immer.»

«Was ist denn mit ihm passiert?», forscht Noah beim Pathologen nach.

«Letzten Dienstagabend hat's ihn erwischt. Im Garten der Psychi. Einer hat ihm wohl einen Schierlingsbecher angeboten.»

Der Tote wird verpackt, während Emily sich aus dem Schock zu befreien versucht. «Weiss man, wo genau er aufgefunden wurde?», fragt sie.

«Scheint's beim Jung-Pavillon. Zumindest genoss er noch schöne Aussichten von da oben.»

Im Auto ruht Emily ihren Schock aus. Nur wenige Stunden vor Schiwagos Tod hat sie mit Ariane am Tatort Schweppes Tonic getrunken.

«Ich kenne ihn, Noah.»

«Hab ich's mir doch gedacht!»

Wie in einem Gebet kleiden sie den Verstorbenen an. Ohne zu fragen knipst Emily ein paar Fotos. Noch immer sieht er schön aus, obwohl er gar nicht mehr da ist, nach einer Woche im Zustand des Todes.

Noah beugt sich nachdenklich über den Toten und murmelt: «Der spricht mir mit verschlossenen Lippen.»

«Wie, der spricht?!»

«Ein erfahrener Bestatter weiss die Sprache der Toten zu lesen. Er spürt mehr als ein Forensiker sieht. Aber was den Sinnen entzogen ist, nimmt ein Forscher nicht ernst.» Damit wendet Noah sich schweigend ab.

Endlich, nach einer Woche Unansprechbarkeit klingelt das Telefon: Ariane!

«Du weisst es sicher schon, Emily, Doktor Schiwago ist tot», sagt sie und lässt es ungewöhnlich belanglos klingen.

«Himmel, ich dachte, *du* wärst tot!»

«Ich brauchte bloss mal eine Pause vom Leben. Ansonsten bin ich lebendig. Aber sie wollen mich umbringen.»

«Was?! Wer?!»

Und Ariane erzählt: Die Ermittlungsbehörden seien auf sie aufmerksam geworden, weil der getötete Schiwago in der Innentasche seiner Jacke ein Messer auf der Brust getragen habe. Es sei eindeutig als Stück aus ihrer Sammlung identifiziert worden. «Stell dir vor, er ging mit *meinem* Messer auf seinem Herzen in den Tod! Ich dachte, er würde es bloss anstandshalber annehmen, als ich es ihm schenkte, aber er trug es an der innigsten Stelle. Nur leider erwarte ich nun jede Minute, dass die mich verhaften. Das käme gar nicht gut. In der Zelle würde ich mich aufhängen. Das ist mir zu eng da drinnen. Dauernd dreh ich mich nun um, weil mir ist, als hänge irgendein Bulle an meinen Socken. Voll der Verfolgungswahn. Das hatte ich noch nie zuvor in meinem Leben. Und das alles nur, weil er meine Visitenkarte so dicht auf dem Herzen trug, als dieses zu ticken aufhörte.»

Emily zweifelt. «Hört sich wirklich verdächtig an.»

«Spinnst du?! Meinst du, ich leg meinen Geliebten um?!»

Emily fragt sich langsam, ob Ariane irgendwas genommen hat, wagt aber nicht zu fragen.

Eine unscheinbare Frau betritt Noahs Küche: Schiwagos Schwester. Emily gibt sich betont abgeklärt, während ihr Herz vor Aufregung rast. Noah kondoliert wie üblich nicht. Die Formalitäten sind schnell erledigt.

Genauso die Todesanzeige. Die Schwester wünscht nicht mal einen Trauerspruch. Selbst ein Glas Wasser lehnt sie ab. Überführung ins Krematorium. Beisetzung im engsten Familienkreis. Ein letztes misstrauisches Umherlinsen, und weg ist sie.

Noah schenkt sich ein Glas Rotwein ein und packt die Zeitung, ohne darin zu lesen.

«Du kondolierst gar nie», bemerkt Emily vorwurfsvoll.

«Am Anfang habe ich das auch immer getan: Formell mit Trauermiene auf die Hinterbliebenen zugehen und artig mein Beileid bekunden. Bis mir einmal eine Frau ins Gesicht schleuderte: ‹Hören Sie mal, das hier ist kein Trauerfall! Dieser Mann hat gesoffen und die Kinder geschlagen. Wir sind einfach nur froh, dass der weg ist.› Seitdem horche ich zuerst in die Situation hinein, bevor ich kondoliere.»

«Ein Bestatter ist ja irgendwie auch ein Psychologe», überlegt Emily.

«Im Gespräch mit den Angehörigen, die oft wie füdliblutte Seelen vor mir sitzen, finden manchmal jahrzehntelang unter den Tisch gekippte Tabuthemen Platz. Im Angesicht des Todes kann sich Unrecht und Schmerz in eine Lebensgeschichte integrieren. Das bietet der Tod.»

«Worum geht es denn bei solch abgekapselten Themen?»

«Es können alte Erbgeschichten sein, wo sich Menschen übergangen fühlten. Auch Familiengeheimnisse kriechen aus ihren Gruften in die Freiheit. Da starb ein Vater mit sieben erwachsenen Kindern und einer Nachzüglerin, die ihn über alles geliebt hatte und hier am Tisch als Einzige nicht mehr zu weinen aufhörte. Plötzlich brach es aus einem ihrer Brüder heraus: ‹Was heulst du denn da zusammen? Das war doch gar nicht dein Vater!› – Totenstille. Alle hatten es über Jahrzehnte gewusst, sogar die Nachbarn, nur sie nicht. Da brach sie zusammen.»

Der Sommer verteidigt sein Zeitrevier mit eindringlicher Hitze. Die Sonnenstrahlen stechen in die Haut wie schwelende Nagelspitzen.

Rastlos streift Emily im Zimmer umher. Etwas fehlt. Endlich kann sie das Gefühl einordnen: In der Hitze ist das Bächlein ausgetrocknet. Es ist still, viel zu still.

Das Studentenwohnheim liegt im Sommerschlaf, da die meisten Bewohner in ihre Heimatländer verreist sind. Nur im einen oder anderen Zimmer gibt es noch Leben, eine Japanerin und ein Engländer. Die Japanerin leidet sichtlich unter der Hitze. Emily sieht sie immer nur von den Füssen bis zum Hals. Den Rest verbirgt sie unter ihrem zierlichen Sonnenschirmchen. Desto auffallender der übriggebliebene Engländer: Seine milchweisse Haut leuchtet rotverbrannt. Aber er ist zufrieden. Dieses kleine Trüppchen bildet also die Sommerüberlebenden.

Wie in einem Menschenvakuum schleicht Emily durch die entleerten Korridore in ihr Zimmerchen. Die Spinne über ihrem Bett harrt wie seit Anbeginn in ihrer Ruhestellung. Emily holt nun doch den Staubsauger hervor, bringt es aber nicht übers Herz, das bebeinte Tierchen mir nichts, dir nichts wegzusaugen, da sie doch eine Art Freundschaft pflegen.

«Wann gibst du Ferien ein?», erkundigt sich Noah am Telefon.

«Gar nicht. Ich muss weitermachen. Damit etwas passiert.»

«Wer sagt das?»
«Ich.»

Masslose Regenschauer setzen ein. Und Arianes Telefon bleibt wieder stumm.

6. Das Gift

Der Tod hat viele Gesichter. Welches ist es nun? Vier Menschen liegen im Intensivpflegezimmer eines Altersheims. Alle mit offenem Mund zur Decke starrend. Wer ist der Verstorbene? Alle vier hätten sich wohl liebend gern gemeldet. Sie können sich aber nicht mehr bewegen. Ein Warten in der Schlange, bis die Materie den Geist freigibt. Haben sie Sehnsucht nach Hause in eine Geistesheimat der Menschenseele?

Endlich erkennen sie ihn: Der Verstorbene trägt ein Blümchen als Kennzeichen. Noah und Emily legen ihn behutsam auf die Rollbahre.

«Sterben im Heim ist oft heimliches Sterben», sagt Noah auf dem Rückweg. «Früher gab es im Altersheim einen feierlichen Auszug – die bestbesuchten Anlässe. Im offenen Sarg wurde der Verstorbene hinausgetragen, während ihn die Mitbewohner singend und betend begleiteten. Einmalig. Einmalig schön. Es beruhigte die Menschen. Heute ist es oft Vorschrift, den Verstorbenen im Dunkeln davonzutragen, wenn alle schlafen. Oder sogar verdeckt via Müllausgang.»

In Noahs Reich pflegen sie den Verstorbenen. Er hat keine Angehörigen, die sich noch von ihm verabschieden würden, aber das Recht auf eine würdige Aufbahrung kommt jedem Verstorbenen zu.

«Noah, gibt es viele Alterssuizide?»

«Der Alterssuizid kommt öfters vor, als man denkt. Die Kräfte nehmen ab. Ohnmachtsgefühl steigt auf gegenüber dem, was du dir ein Leben lang erschaffen hast. Du kannst ihm nicht mehr gerecht werden. Ein Mann musste Haus und Garten verlassen fürs Altersheim. Beides hat aber zu seiner Identität gehört. Da erschoss er sich. Auch Schmerzen und Gefühle von Sinnlosigkeit können Menschen in den Tod treiben. Im Spital hängt sich einer an einem Fitnessgerät auf oder mit dem Schuhbändel am Türhaken. Es springt jemand kopfvoran aus dem Fenster oder legt sein Haupt unter das Kopfteil des Spitalbettes, um dieses daraufhin mit der Fernbedienung runterzulassen. Alles habe ich erlebt. Und dann sind da die aufgeschreckten Angehörigen, die du intensiv zu betreuen hast.

Seit die Sterbehilfeorganisationen im Trend sind, ist es besser geworden mit diesen Spontantaten. Wenn ein Neunzigjähriger mit einem Schuhbändel unwürdig Hand an sich selbst anlegen muss, so ist es sicher zu einfach gedacht, die Sterbehilfe per se zu verurteilen. Dort gibt es zumindest eine Vorbereitung, meist zusammen mit den Angehörigen, so dass Ungelöstes noch geklärt werden kann. Ist es schlimmer, sich ein paar Monate abzuschneiden, dafür etwas geklärt zu haben, was sonst durch Spontantaten mit ins Grab genommen würde? Was schliesslich mehr im Einklang steht mit einer Intelligenz, die unser menschliches Kleindenkertum überragt, kann ich nicht beurteilen. Es scheint mir auch vermessen, wenn ein Lebender über einen Verstorbenen urteilt. Was weiss er denn über ihn und die übergeordneten Schicksalswege?»

Das Telefon klingelt. Das Altersheim meldet schon wieder eine Verstorbene an.

«Jetzt fährst du mal das Leichenauto!» Noah drückt Emily den Schlüssel in die Hand.

«Ich kann nicht, ich könnte irgendwo reinfahren!»

«Das könnte ich auch», beharrt Noah und setzt sich auf den Beifahrersitz. «Ach ja, bevor ich mich einem eventuellen Nickerchen hingebe der weise Rat: Schneide ja keine Kurven! Du hast ein Hinterteil à sechs Meter!»

Sie startet den Motor und fährt los. Während der Fahrt plaudert sie stolz, dass sie als Kind eine Nacht nicht geschlafen hätte, wenn ein Leichenauto an ihr vorbeigerauscht war. «Mir träumte damals wiederholt dieselbe Vision: Da war ein Sarg, den ich partout nicht sehen wollte, weil er einen Angstabgrund in mir aufschnitt. Aber wo ich auch hinschaute, der Sarg spiegelte sich in Fensterglas, auf nassem Asphalt oder gar in den Augen eines Gegenüberstehenden. Neben dem Sarg stand immer ein schwarzes Leichenauto, während ein rotes Blutauto vorüberraste.»

«Siehst du, du hattest schon immer einen Bezug zum Tod. Man muss ihn bloss selbständig ins richtige Verhältnis rücken, dann kommt alles gut.»

Die verstorbene Frau liegt in einem geblümten Pyjama im Bett. Als ob sie friedlich schnarchend mit offenem Mund schliefe … Emily berührt die Hand der Toten, die wärmer ist als ihre eigene.

«Sterben ist ein Mordsstress für den Körper», erläutert Noah. «Ein soeben Verstorbener ist oft heiss und verschwitzt vom Kampf des Geistes, der sich aus dem Körper freigewunden hat.»

Sorgfältig heben sie die leichte Frau auf die Bahre.

In Noahs Reich wäscht Emily sie und reibt sie mit dem Duftöl *Blumenwiese* ein.

Während der ganzen Fahrt zurück nach Dornach muss sie an ihrem Ärmel riechen, der beim Einölen *Blumenwiese* aufgesogen hat. Und sofort taucht in ihrer Seele die Sphäre des Todes auf – hier, mitten im Abenddschungel auf der Autobahn.

In ihrem Zimmer legt Emily ihre beiden Pulliärmel in Seifenwasser ein, um die Sphäre des Todes mit seinem erinnerungsbindenden Duftöl, dem mystischen Kerzenlicht, vielleicht einem leisen gregorianischen Gesang als Hintergrundmusik zu verlassen. Und diese Verstorbenen, die überall im Raum ausgebreitet, aber nicht mehr in ihren Körpern weilen, so dass man gar nicht mehr weiss, ob oben und unten überhaupt reale Ortsangaben sind.

Der Tod kann einen dermassen in Beschlag nehmen, dass man die brennenden Fragen des Lebens vergisst, selbst wenn Arianes Telefon schweigt. Erst am Wochenende findet Emily Zeit, sich der im Untergrund stochernden Missstimmigkeit anzunehmen.

Sie fährt einfach so ins Burghölzli. Der C.-G.-Jung-Pavillon steht da, wie er immer dasteht. Nur zwei Abweichungen bemerkt Emily. Die blutigen Sprüche sind endlich übermalt worden. Und eine Person sitzt auf dem Treppchen: Rolf!

Er hat seine Computer im Stich gelassen und war auf Reisen in Asien. Mit dem Psychiatriepfleger, mit dem er schon während seines Aufenthalts in der Geschlossenen angebandelt hat, pflegt er nun ein inniges Verhältnis. Daher erfährt er immerzu vertrauliche Informationen über den momentanen Stand betreffend Schiwagos Tod.

«Genau dort in der Ecke hat ihn eine Patientin aufgefunden. Nach dem grausigen Fund musste die Arme für mehrere Tage mit Temesta ruhiggestellt werden.

Neben dem Toten wurde nicht nur sein Glas aufgefunden, sondern auch die Scherben eines zweiten – beide aus der Cafeteria entwendet. Beide mit Resten von Schweppes Tonic.»

In Emily schieben sich Bilder vor den Zürichsee. Die verkrampften Hände Arianes, die ausgerechnet ein Glas voll Schweppes Tonic schier in Scherben zerbersten lassen. Kam sie später nochmals her? Mit Schiwago? Hatte sie Handschuhe an wie viele Menschen, die sich die Arme verschnitten haben, aber dieses Mal, um Spuren zu vertuschen?

«In seinem Glas konnte Gift nachgewiesen werden, in den Scherben des andern nicht. Gut gewählt, denn die Limonade kaschiert den bitteren Geschmack. Und kannst du dir vorstellen, was das für ein Gift war?»

«Was denn?»

«Pentobarbital! Das Gift der Sterbehilfeorganisationen.»

«Echt?! Wer legt ihn denn damit um?»

«So weit sind die Untersuchungen noch nicht. Das kann Monate dauern. Aber in den edlen Gemäuern des Burghölzlis wird unter Insidern gemunkelt, ein anderer Psychiater hätte ihn aus dem Karriereweg räumen wollen. Konkurrenz, Macht, das übliche Zeug.»

Auf der ganzen Heimfahrt quält sich Emily mit der Frage, ob Ariane involviert war. Emily ist die Einzige, die weiss, was sich Stunden vorher am Tatort abgespielt hatte. Was der Mensch in sich abkoppelt, wird irgendwann nicht mehr von innen, sondern rächend von aussen auf ihn zukommen.

Als sie den Korridor ihrer Studentengemeinschaft betritt, findet sie Haitao in der Küche vor. Regungslos starrt er auf einen Punkt.

«Meditierst du?», fragt Emily.

«Nein, ich mache Naturbeobachtung nach Goethe: Theorieabstinent der Wahrnehmung treu bleiben.»

«Was beobachtest du?»

«Die soeben bewässerte Topfpflanze beim Sichwiederaufrichten. Eine Bewegung ist vor lauter Langsamkeit kaum auszumachen. Dennoch befindet sich der Pflanzenstiel stetig an einem anderen Ort. Siehst du?»

Emily beobachtet die Pflanze eine Weile. «Tatsächlich!»

«Sie beherrscht Zen-Meditation.»

«Was ist das bloss für eine wunderliche Kraft, die Pflanzen und Menschen aufrichtet, ohne sich selbst blicken zu lassen?»

«Meine Oma glaubt noch an Götterkräfte. Überall sieht sie Götter: in den Bäumen, im Fussboden, im Kachelofen, im Fenster … Alles hat einen Geist. Und der liebt deine Aufmerksamkeit.

Die jungen Menschen heute finden das lächerlich. Unsere Philosophie ist schliesslich praktisch. Nur was in der materiellen Welt funktioniert, ist brauchbar. Aber meine Oma sorgt gut für ihre Götter. Am chinesischen Neujahrsfest anfangs Februar kocht und backt sie emsig und verteilt das Essen an die Götter. Sogar draussen stellt sie einen Tisch auf, beladen mit Köstlichkeiten für die Götter des Himmels und der Lüfte. Der Küchengott und der Ofengott bekommen extragrosse Portionen.

Wenn du mich nach meinem Urteil fragst, würde ich sagen: Mit dem Verstand kommst du da nicht ran. Aber bis heute mache ich dieses Ritual mit meiner Oma mit, weil irgendeine Kraft aus ihm hervorgeht, die nicht dieser pragmatisch-praktischen Gegenwartsgesinnung angehört. Diese Kraft kommt von weit her, und sie reicht weit hinaus.»

Emily sieht die Menschen zunehmend als wandelnde Körper, die einst in Särgen Platz nehmen würden, und wundert sich, was das für eine grossartige Kraft ist, die diese wandelnden Leiber bewohnt.

Innerlich sieht sie Serena in einem Sarg liegen, Augen geschlossen, hager, umwoben von absoluter Stille. Daneben die gleiche Serena, wie sie lacht und malt. Wer lässt ihre Locken vor Freude hüpfen? Oder Jared, was ist das in ihm, was ihn brillante Gedanken denken lässt? Und Haitao, welcher Magier entzündete in ihm Fragen über das Wesen des Menschen, die ihn aus einer chinesischen Militärakademie den langen Weg in den Westen wandern liessen?

Plötzlich sieht Emily in jedem Menschen ein Königskind, das von geheimnisvollen Kräften belebt ist, so dass sie anderntags Noah davon erzählt und ihn fragt: «Hast du auch solch überbordende Fantasien?»

«Noch viel schlimmer! Manch einen lege ich in meiner Vorstellung mit verbundenen Händen in den Sarg. Kräftig die Sargnägel zuschrauben. Nur die kleine Lücke im Sargdeckel bleibt offen. Und hopp ins Krematorium ganz nah an den brennenden Ofen ran mit den genüsslichen Worten: ‹Na, Freundchen, tust du wohl anständig mit mir? Sonst fahren wir nächstes Mal noch ein bisschen weiter in die Wärme hinein!›»

Noahs Sohn gesellt sich hinzu: «Ich denke da eher an diese Kamikaze-Töfffahrer, die mich auf dem Benkerjoch in engen Kurven bluffend überholen und unten beim Rotlicht doch wieder gleich weit sind wie ich. Irgendwann fahre ich vor diesem Rotlicht elegant mit dem Leichenauto neben einen dieser Kerle, lasse cool die Scheibe runter und strecke ihm wortlos ein Visitenkärtchen entgegen: *Bestattungsdienst, melden Sie sich ungeniert!*»

Noah sortiert die Post. Er öffnet ein Briefchen und liest den in zittriger Handschrift geschriebenen Text: «Im Falle eines plötzlichen Todes möchte ich folgendes festhalten: Statt eines weissen Leichenhemdes möge man mir ein Kleid anziehen: das braune mit dem mit Schmucksteinen verzierten Kragen oder das dunkelblaue. Beide im Kleiderschrank. Es soll alles einfach vonstattengehen.»

Zufrieden faltet er das Briefchen wieder zusammen. «Wenn Menschen vor dem Tod klare Anweisungen geben, braucht der Bestatter nicht mehr zwischen den Zeilen zu lesen. Wenn es heisst: ‹Dr Vatti isch gäng en Eifache gsy›, heisst das übersetzt: ‹Mach nur das Nötigste!› Aber Pflege am Toten ist das Nötigste, weil es die Würde pflegt. Als ich einmal einen Toten waschen wollte, pfurrte der Sohn dazwischen: Das sei unnötig. Man solle den Vater im Sarg platzieren und wegbringen. Darauf schloss ich mein Köfferchen mit den Pflegeutensilien und wollte gehen. Der Sohn: ‹Ja was jetzt?› Ich: ‹Für die Kadaverbeseitigung ist das städtische Bauamt zuständig.› Ich bin doch kein Entsorger am Ende eines Menschenlebens!»

«Und wenn einer sagt, das sei nur noch der Kokon?»

«Aber in diesem Kokon hat ein Ich gelebt! Totenpflege ist Würdigung des Ichs und der Materie, die dem Ich gedient hat, damit es überhaupt auf der Erde sein konnte.»

Um den latent quälenden Fragen rund um Ariane zu entkommen, sucht Emily den Raum der Stille auf. Ein verstorbener Pfarrer ruht dort schlicht in einem Fichtensarg. Es war sein ausdrücklicher Wunsch, weder den für Pfarrer üblichen Luxussarg vom Typ *Abendmahl* noch einen speziellen Grabort zu beanspruchen. Kremation und Gemeinschaftsgrab sei ihm recht. Er wolle es genauso haben, wie auch dem geringsten seiner Brüder nach dem Tod geschehe.

Währenddessen plagt sich Noah am Telefon mit einem älteren Herrn ab, der partout unberührte Erde als letzte Ruhestätte wünscht, also ein Loch, wo noch keiner vor ihm drin war. Und wenn die Tochter sterbe, müsse man unbedingt vorher dreissig Zentimeter reine Erde über ihn streuen, bevor man sie über ihm begrabe. Er wolle für sich sein.

Am Nachmittag holen sie einen Verstorbenen in seiner Wohnung ab. In der Stube sitzen und stehen einige Menschen rum. Emily hätte einem am Tisch sitzenden Mann fast die Hand gegeben. Da merkt sie, dass das der Verstorbene ist. Sie erschrickt. Die Lebenden und die Toten sind wirklich sehr nahe beieinander – bloss in anderen Bewusstseinsräumen.

Auf der Heimfahrt nach Dornach braust eine Urlaubsfamilie an ihr vorbei mit bis oben beladenem Auto. Ein träger Junge hängt im Rücksitz und zieht sich auf seinem Bord-TV, montiert an Mutters Rückenlehne, einen flotten Comicfilm rein. Emily beschleunigt, um seitlich schielend ein bisschen mitzuschauen – alles, was von quälenden Fragen ablenkt, ist ihr recht. Nach einem Weilchen drosselt aber abflauendes Interesse ihre Fahrtgeschwindigkeit. Behäbig tuckert sie weiter. Ob eigentlich schon mal einer einen mit einem Leichenauto überfahren hat? Währenddessen im Radio eine rege Diskussion: Soll man Fleisch *vor* oder *nach* dem Braten würzen?

Zu Hause hält sie es nicht mehr aus. Wo verdammt steckt Ariane? Als sie nochmals in der therapeutischen WG anruft, verrät man ihr endlich, dass sie gar nicht mehr dort wohne. Umso schlimmer!

Emily legt sich aufs Bett und mustert ihre Körperhaltung. Sie gleicht einer Toten! Unweigerlich muss sie an ihren damaligen Anatomieprofessor denken, der erzählt hat, im Mittelalter hätten die Menschen mehr sitzend denn liegend geschlafen, da das flache Liegen zu sehr an ein Totenbett erinnert hätte.

Emily setzt sich ebenfalls auf und döst halb an die Wand anlehnend ein mit dem Resultat, dass sie sich die ganze Nacht im Traum mit einem Toten abmüht, der sich immerzu im Sarg aufstützt. Sie kann deswegen den Deckel nicht schliessen. Dabei wartet bereits die ganze Trauergemeinschaft fluchend am Grabloch, bis endlich der Sarg geliefert wird.

Beim Frühstück plaudert Haitao über sein Lieblingsthema: die chinesischen Verhältnisse. «Früher durften sich die Verstorbenen einer Erdbestattung hingeben. Und heute? Vergiss es! Die Regierung zwingt die Menschen zur Kremation, weil wir schlichtweg zu viele sind. Es gibt nicht genug Land, um uns alle zu beerdigen.»

Jared meint sachlich: «Der Körper ist eine gemietete Kraftansammlung aus illusorisch erscheinender Materie. Die interessante Frage bezieht sich daher nicht auf die Art der Körperbestattung, sondern lautet: Wer leiht dir diese gemietete Kraftansammlung für die Dauer deiner Erdenjahre?»

Da meldet sich Rolf per Telefon bei Emily und schlägt vor: «Lass uns heute zusammen eine Hardware essen.» Er habe ein Software-Projekt erfolgreich abgeschlossen und sei nun wieder ansprechbar für menschliche Projekte.

Zur Mittagszeit betreten sie also zusammen das Café *Zum halben Wagenrad*, wo Rolf eine doppelte Schwarzwäldertorte und Emily eine Sachertorte bestellt. Je ein Viertel Kuchen in Wagenradgrösse wird ihnen serviert.

Rolf erzählt skurrile Geschichten aus dem Alltag: «Auf der Strasse ist mir eine Esoterikerin begegnet, die mir unbedingt einen dunkelblauen Anzug verkaufen wollte, aber der drückte fürchterlich an den Schultern. Die Esoterikerin meinte, es sei so einer, der sich mit der Zeit anpasse, wenn man Geduld übe. Das erzählte ich meinem Psychiater, der mich gleich einliefern wollte, aber es ist wirklich passiert. Das Leben spielt verrückter als in Büchern.

Stell dir vor, ich sass auf einer Bank und dachte: Ich muss mein Hirn ummodellieren. Da schaute ich hoch, und was kommt da vor meiner Nase angefahren? Ein Bus mit der Aufschrift ‹Mobilausstellung rund ums Hirn›. Ich dachte, ich spinne, dabei spinnt das Leben. Denkt man etwas im Innern, und schon wird im Aussen die Anleitung aufgefahren.»

«Ich denke im Innern dauernd an Ariane. Kannst *du* mir vielleicht sagen, wo sie im Aussen ist?»

«Die ist abgehauen aus dem therapeutischen Wahnsinn. Lebt jetzt allein in einer Wohnung.» Mehr weiss auch Rolf nicht.

In dieser Nacht träumt Emily, wie Ariane ihr berichtet, sie hätte ein Kind geboren. Das Eigentümliche an diesem Kind sei, dass es immerzu in der Musik von Vivaldis *Vier Jahreszeiten* schreie.

«Mein Gott, wo hast *du* denn gesteckt?!»

«Im Winterschlaf», sagt die auferstandene Stimme Arianes am andern Ende der Leitung. «Es ist mir zu heiss.»

«Wo brennt's?»

«Die Bullen lassen mich einfach nicht in Ruhe. Ich weiss doch genau, dass mir dauernd einer in meinem Windschatten folgt. Liege ich unter der Bettdecke, kann mich wenigstens keiner mehr sehen.» Um ihrem inneren Retter ein bisschen Dampf zu machen, hat sich Ariane in einer Freikirche taufen lassen. «Kann ich dir wärmstens empfehlen. Das bringt's voll! Es fühlt sich an wie bei den frühen Christen. Zeitzeugen zufolge hatten die bei der Taufe reihenweise Visionen und kamen voll mit dem Strom des Lebens in Berührung. Schau mich doch an, all die Bullen im Rücken und trotzdem noch lebendig!»

«Hört sich toll an, aber ich weiss nicht, ob das so mein Ding ist.»

«Es ist echt gewaltig! Die frühen Christen machten täglich harte Prüfungen durch und lebten permanent in Todesnähe – genau wie wir! Die hätten uns aus eigener Erfahrung von innen her verstanden.»

«Aber was soll denn so eine Taufe bringen?»

«Jeder wird das, was er eigentlich ist. Er wird sich selbst.»

«Oje, und wenn man gar nichts ist?»

«Dann *wird* man endlich.»

Also willigt Emily ein, einfach weil sie froh ist, dass Ariane sich gemeldet hat – in welchem Zustand auch immer.

«Du wirst schon sehen: Es ist eine Begegnung mit dem Fisch.»

«Was für ein Fisch?»

«Wie bei den frühen Christen. Der Big Boss taucht als inneres Licht in dir auf.»

Mit einer *Guten Hoffnung* im Rucksack macht sich Emily auf den Weg in das Pfadfinderhaus in Rüdlingen am Rhein, dreissig Kilometer nördlich von Zürich, wo Arianes charismatische Pfingstgemeinde eine Taufprozedur durchführt.

Erste Übung: Aufräumen mit dem Leben. Das Wesentliche vom Unwesentlichen trennen und verbrennen. Ein irrsinniges Feuer lodert gierig auf der Wiese am Rheinufer.

Nächster Akt: Eine Losung ziehen. Emily erwischt einen Spruch aus dem Johannes-Evangelium: «Aus dem Inneren werden die Wasser des Lebens strömen.»

«Schon wieder diese pluralisierten Gewässer ...», brummelt sie und legt den Zettel beiseite.

An einer seichten Flussstelle, wo der Rhein sich gemächlich an einen Auenwald anschmiegt, warten zwanzig Täuflinge in einer Reihe auf ihren Part. Emily ist die Zweitletzte in der Schlange. Als sie endlich drankommt, schwimmt sie geistesabwesend in die Flussmitte. Sie ist abgelenkt vom Fotografen, der vom Ufer aus Täuflingsschnappschüsse schiesst. Muss ich lächeln? Sitzt das Badekleid korrekt? Dadurch verpasst sie eindeutig den Moment, in dem *es* hätte passieren sollen – was auch immer *es* ist.

Der Täufer, ein Hüne, spricht Segensworte und drückt ihren Kopf unter Wasser. Da sie das Eigentliche verpasst hat und nicht weiss, was sie nun unter Wasser tun soll, bleibt sie einfach, so gut es geht, auf dem Flussboden im Schlick hocken und wartet ab. Die Luft wird langsam knapp. Noch immer ist nichts passiert. Kein innerer Fisch taucht auf.

Irgendwann reisst der Täufer sie gewaltsam ans Tageslicht. Ob sie sich eigentlich vor laufender Kamera umbringen wolle?! Beschämt mummelt sie etwas von einem anders gearteten Licht, das sie dort unten im dunklen Gewässer erwartet habe. Als ob der Staudamm eines Wasserkraftwerkes einen Riss hätte, spriessen ihr plötzlich Tränen aus den Augen.

Beim anschliessenden Mahl reden die Täuflinge in heiterer Atmosphäre durcheinander. Schliesslich sind sie Neugeborene. Nur Emily weint. Bei ihr ist niemand geboren worden. Dort unten im Schlick hat ihr einer ein Loch in die äussere Haltung gerissen.

Ein paar Jünger stehen auf und legen im Nebenzimmer eine Decke auf den Boden. «Brüder und Schwestern, Hände auflegen und Dämonen austreiben! Unsere Schwester wird geplagt.» Zu sechst versammeln sie sich um die Weinende herum, beten und sprechen in Zungen.

Emily weint noch mehr. Sie meinen es gut, ihre Brüder und Schwestern, aber die liebevollen Hände auf ihrem Körper lösen bloss den Staudamm auf.

Man versucht ihr Mut zu machen: Sie sei eine umkämpfte Seele, weil es bei ihr besonders viel Licht zu holen gäbe. Unverdrossen beten sie weiter mit noch mehr Elan und noch verrückterem Zungenreden in erhöhtem Tempo.

Sie meinen es wirklich wahnsinnig gut, aber Emily tut allmählich die Beckenschaufel weh vom langen Liegen auf dem harten Boden. Um Mitternacht kriecht sie unter den betenden Händen und verschnäuzten Nastüchern hervor und sagt, sie gehe jetzt ins Bett. Aber dort geht sie nicht hin.

Auf der dunklen Landstrasse hat sie Glück und erwischt ein einsames Auto, das anhält. Die Fahrerin raucht aus dem offenen Fenster in die Nacht hinaus. Eine solariumgebräunte Haut überzieht ein runzliges Gesicht. Ihre aufgeraute Raucherstimme fragt Emily, wo sie hinzugelangen gedenke.

«Zürich», piepst diese.

«Dann sind wir zu zweit.»

Emily steigt ein. Ausser der sonoren Raucherstimme gibt es nichts Schönes an der Nachtfahrerin, die wortlos weiterraucht und durch die finsteren Dörfer rollt. Trotzdem ist sie schön in Emilys Augen. Sie hätte selbst den hartgesottensten Typen zu Nachtstunden mildtätig aufgegabelt.

Gedankenverloren liest Emily den Spruch auf dem Armaturenbrett:

> Es scheint, dass die Seele sich in einem Zustand befinden kann, in dem sie weder im Himmel noch auf Erden weilt und von beiden keinen Trost empfängt, sondern gleichsam gekreuzigt zwischen Himmel und Erde leidet, ohne von irgendeiner Seite Hilfe erwarten zu können.
>
> Teresa von Àvila

Kleine Gänse trippeln über Emilys Haut. Was für eine Inszenierung! Steht doch da genau das, was sie soeben erlebt hat. Obwohl in ihrem Leben nichts passiert, passt doch alles über Umwege zusammen: Synchronizität nach C. G. Jung.

Die Nachtfahrerin lässt wortlos Emilys Scheibe runter, ohne zu ihr hinüberzublicken. Die merkt ja alles!, denkt Emily und geniesst den rabiaten Luftzug, der geradezu das Hier und Jetzt heranprügelt. Sie kommt sich wie in einem Roadmovie vor. Der Flughafen Zürich leuchtet mucksmäuschenstill in der Ferne.

Auf der Zürcher Hardbrücke hält das Auto an. Emily steigt aus dem Roadmovie aus.

«In der Nacht findet man mehr als am Tag», tönt es wohlklingend aus der Nachtfahrerin. Dann rauscht sie davon.

Emily steht mutterseelenallein auf der schlafenden Autobrücke. Es ist halb eins. Ein sonderbarer Mond teilt den Himmel in einen glasig schimmernden Sektor und eine nachtschwarze Hölle.

Um zwei Uhr morgens kommt sie wie ein Gespenst in Dornach an und fällt in ein irres Traumgeschehen, wo betende Hände mit ihr unter Wasser einen dunklen Kaffee trinken. Ein runder Fisch schleicht an ihr vorbei und will sie partout nicht sehen. Eine sonore Stimme sagt dauernd: «Unten findest du, nicht oben, und oben ist, was du unten suchst.»

Als sie am andern Morgen erwacht, ist ihr, als hätte sie ihren Täuflingstrip am Vorabend im Fernsehen gesehen, ohne selbst dabei gewesen zu sein. Nur die betenden Hände liegen auf surrealistische Weise noch auf ihrem Körper verstreut. Sie nimmt eine ordentliche Dusche, um die Betenden abzuspülen. Es gelingt mässig.

Herbst. Der Kirschbaum leuchtet paranormal in seinem gelb-orangen Heiligenschein. Ein paar Regentage später lässt er ihn zu Boden fallen. Das Laub säuselt und zischelt unter dem Gang der Füsse. Nebel kuschelt sich in die Wälder und verschmiert die Tannen. Gerötete Wangen von schnellen Winden. Blätter rieseln unablässig den Asphalt entlang. Und oben in Emilys Zimmer noch immer die treue Spinne auf der Lauer.

In der Strassenmeldung im Radio wird eingehend auf eine Vorhangstange aufmerksam gemacht, die irgendwo zwischen Quinto und Airolo auf dem rechten Fahrstreifen liege. Eine halbe Stunde später dieselbe warnende Durchsage nochmals. «Ja rumät doch diä Stangä wäg!», entfährt es Emily gereizt, während sie bei Noah einbiegt.

Hektik herrscht im Hades.

«Was ist denn am Wochenende vorgefallen?», fragt Emily unwohl.

«Am Samstagmorgen sagte ein Mann zu seiner Frau, er gehe im Garten Holz hacken. Und was macht er? Er geht sich im Gartenhäuschen mit einer Kaninchenpistole erschiessen!»

«Sieht er schlimm aus?»

«Man sieht nichts. Seine Frau glaubt, es handle sich um einen Herzinfarkt. Er schoss sich in den Mund. Die Kugel blieb im Hals stecken. Er war wohl auf der Stelle tot, was nicht selbstverständlich ist. Suizidversuche können leicht in schweren Behinderungen oder jahrelangem Wachkoma enden. Das Tragische an dieser Geschichte hier ist, dass die Söhne der Mutter absolut verheimlichen wollen, dass ihr Mann Selbstmord begangen hat. Es ist manchmal erschütternd, welch schicksalstiefe Verdrängungsmuster da an die Oberfläche stossen.»

Als sie den Toten abholen gehen, parkiert Noahs Sohn den Leichenwagen direkt vor dem Institut für Rechtsmedizin im Kantonsspital Aarau. Ein fröhlich aussehender Mann in einem weissen Metzgeranzug mit Schildchen *Präparator* öffnet ihnen. Sie betreten einen kahlen Raum mit mehreren gigantischen Kühlschranktüren. Auf einem Tischchen liegt ein zerknüllter Rosenkranz aus rosa Plastik. Mit einem Ruck zieht der Präparator ein Kühlschrankfach heraus. Darauf in Leinen eingewickelt der Selbstmörder. Als der Präparator die Tücher zur Seite wirft, sieht Emily einen Moment lang Schiwago dort liegen. Der Tote sieht aber ganz anders aus.

«Wir mussten lange suchen, bis wir die Kugel entdeckten», plaudert der Präparator. Ausser dass der Mund blutig ist und ein zugenähter Schlitz über den ganzen

Rumpf des Toten verläuft, ist keine Auffälligkeit zu erkennen.

«Sie haben wirklich sorgfältig gearbeitet», kommentiert Noahs Sohn, während sie den Toten im blauen Sack mitnehmen. «Sein Körper ist trotz Obduktion noch ansehnlich.»

«Was machen die eigentlich in der Rechtsmedizin genau?», fragt Emily, um das Bild von Schiwago zu verscheuchen.

«Zuerst wird der Tote in der Computertomografie gescheibelt. Dann öffnen sie ihm mit einem Schlitz den ganzen Bauchraum, nehmen sämtliche Organe zur Obduktion heraus, sägen die Schädeldecke auf, um das Hirn herauszunehmen und dessen Haut abzuziehen, so dass sämtliche Abklärungen unternommen werden können. Manche Präparatoren verschliessen den Kopf nicht mehr richtig, so dass die Schädeldecke schief ist und den Kopf entstellt. Oder sie schütten aus Zeitmangel die ganzen Eingeweide achtlos zurück in den Bauchraum. Da können wir dann nicht mehr viel machen. Eine Aufbahrung wird unmöglich.»

Der unauffällige Kleinbus, vom Strassenverkehrsamt ausdrücklich für *Leichentransport* zugelassen, sieht von aussen wie ein normaler Kombi aus. Während Noahs Sohn auf dem Zivilstandsamt den Kremationsauftrag abgibt und das Auto mit dem Toten und der wartenden Emily drin mitten in der Stadt auf dem Trottoir parkiert steht, macht sie eine eindrückliche Beobachtung: Durch die Scheiben sieht sie schwatzende Menschen mit Einkaufstaschen sich dicht am Auto vorbeidrängen, nicht ahnend, dass nur zehn Zentimeter von ihnen entfernt durch eine blicksichere Scheibe getrennt ein Selbstmörder liegt. Wie nah sich die Wirklichkeiten streifen, ohne sich zu vermischen!

«Wir leben in todsicheren Illusionen!», sagt sie dem zurückgeeilten Sohn Noahs, während er den unauffälligen Bestattungsbus aus Aarau hinausfährt. Die zwei völlig verschiedenen Wirklichkeiten begeben sich wieder in ihr jeweiliges Revier.

Nachdem sie den Toten im Raum der Stille aufgebahrt haben, überkommt Emily plötzlich tiefes Mitgefühl mit ihm. In welchen geistigen Gebieten weilst du nun? Auch wenn du dem Leben den Rücken zugewandt hast, die Weltenordnung kann nicht so herzlos sein, als dass dir dort nicht ein Helfer zur Seite gestellt würde. Wenn mich kleiner Mensch schon so viel Mitgefühl überkommt, dass ich weinen muss, wie viel mehr dann eine höher entwickelte Instanz!

Wie von selbst fliesst ihr ein Gebet über die Lippen. Sie streichelt dem selbstgetöteten Mann übers Haar und schliesst sanft die Tür, als sie den Raum verlässt.

7. Ein Psychiater fürs Jenseits

Winter. Der schwarze Stamm des Kirschbaumes ragt mit seinen staksigen Ästen ins Nichts hinaus. Ein totes Abbild seiner selbst in der stummen Wiese, schneeverhüllt. Der Baum selbst haust zurückgezogen in seinem Innern. Er schmiedet Pläne fürs Frühjahr.

Es schneit weiter in dieser geräuschlosen Eifrigkeit. Der Schnee macht die Welt angenehm altmodisch – wie in einem Adventskalender um 1900.

«Auch die Ermittlungen um Schiwago scheinen eingeschneit», berichtet Rolf. Genauso verhält es sich mit Arianes Kontaktbereitschaft.

Die Kühe liegen schlaftrunken auf ihren Pritschen im Stall. Erst als der Bauer Heu austeilt, kommt etwas Bewegung in die Träumenden. Sie machen sich an ihre kauende Arbeit. Die Halme fliessen ihnen wie Wasser ins Maul. Siebzehn Stunden meditieren sie das Gras in aller Ruhe durch ihre vier Mägen hindurch. Wundertiere!

An einem todlosen Tag Ende November: «Noah, kannst du *mich* einsargen?»

«Eine kleine Kostprobe gefällig? Kein Problem!»

Er lüpft Emily von der Bahre in einen Sarg. Oh Gott! Es ist ihr, als falle ihre Seele in Ohnmacht. Da klingelt zu allem Spass auch noch das Telefon, und

Noah rennt weg. Da liegt sie nun im Sarg. Eigentlich ganz gemütlich.

Noah eilt zurück: «Jetzt kommt ja noch die bessere Hälfte!» Schwupps schliesst er den Sargdeckel. Der Himmel verschwindet. Stockdunkle Nacht. Emily macht keinen Mucks. Noah hebt die Verdüsterung wieder auf: «Auferstehung?»

«Wahrscheinlich ist es doch noch ein bisschen zu früh zum Sterben.» Benommen steigt sie aus dem Sarg.

Weihnachten verbringt sie mit den Chinesen, für die es keine Weihnachten gibt. Trotzdem singen sie vierstimmig *Oh Tannenbaum*. Zur gleichen Zeit steht Noah von seinem Fondue Chinoise auf, steigt ins Leichenauto und holt eine verstorbene Grossmutter unter dem Christbaum hervor. Auch das gehört zu Weihnachten. Das Christkind beschert nicht nur, es holt auch ab.

Eine Geburtsanzeige mit vorfreudig gestrickten Söckchen drauf muss in eine Todesanzeige umgewandelt werden. Totgeburt an Christgeburt. ‹Wenn das Leben mit dem Tod beginnt ...›, lautet nun der Verkündigungstext auf den Kärtchen. Ein totes Kind, ein Widerspruch. Dieses noch unbenutzte Körperchen, das normalerweise vor lauter Leben leuchtet, ist starr und kalt. Das geht doch nicht! Empörung über die verdrehten Erdenverhältnisse legt Emilys Zukunftsglauben lahm. Wozu tippt ein Mensch das Erdenleben bloss an und geht schnell wieder weg? Kommt er nur zum Schnuppern?

«Es wurde auf der anderen Seite geboren», sagt Noah, als sie ihn darauf anspricht. «Sein Aufgabenbereich liegt dort, wo unser Vorstellungsvermögen endet.»

Zu Hause wartet eine Weihnachtskarte von Ariane, die sich mit einem Shakespeare behilft:

> «Geschieht es jetzt, so geschieht es nicht in Zukunft; geschieht es nicht in Zukunft, so geschieht es jetzt; geschieht es jetzt nicht, so geschieht es doch einmal in Zukunft. In Bereitschaft sein ist alles.»
> Bei der vergrösserten Anzahl Bullen im Rücken ist man konstant in Bereitschaft. Es wird also geschehen …!
>
> Gruss, Ariane

Wovon spricht sie? Das schreibt Ariane nicht.

Was ihr in ihrem Zimmer mit einem Mal auffällt, ist die Tatsache, dass diese Spinne immerzu in exakt derselben Stellung am exakt selben Ort über dem Kopfende ihres Bettes hockt. Voller Entsetzen realisiert sie: Dort oben passiert nichts mehr. Absoluter Stillstand. Die ist tot! Nun holt Emily doch den Staubsauger hervor und saugt die Tote in den Staubbeutel hinunter. Die Tatsache, dass sie monatelang Leben in etwas Totem geglaubt hat, erschreckt sie. Und wenn ich nicht mal einer Spinne ein Haar krümmen kann, ist Ariane dann wirklich fähig, einen Menschen zu töten?

Emily erinnert sich an ihren damaligen Pathologieprofessor, der behauptete: «Es gibt keine Morde. Nur in den Köpfen der Menschen.» Die wenigen Fälle pro Jahr ständen in keinem Verhältnis zu den allabendlichen Morden, die ganz selbstverständlich mit uns auf dem Fernsehsessel hockten. Krimis seien irreale Konstrukte mit kathartischem Zweck. In der modernen Zivilisation könnten die Menschen ihren natürlichen Trieb zur Aggression und Jagd nicht mehr ausleben. Im ganzen Krimi-Getue fänden sie eine Ersatztherapie.

Das Rauschen des aufgetauten Baches schabt quälend Emilys blanken Nerven entlang. Beim Gedanken, dass der Bach nicht zu fliessen aufhören würde, gerät sie beinahe in Panik. Sie ist eine Gefangene in diesem Geräusch.

Ein erlösendes Telefonklingeln. Es ist Rolf mit seinen skurrilen Geschichten aus dem Alltag.

«Weiss man eigentlich, woher das Pentobarbital in Schiwagos Glas stammt?», platzt Emily unpassend in seine Geschichten hinein. «Dieses Gift kriegt ein Arzt doch ausschliesslich durch den Kantonsarzt, indem er genau angibt, für wen und wann er es einsetzt im Rahmen der Sterbehilfe.»

«Das ist doch ein Kinderspiel. Das Zeugs kannst du heute problemlos vom Schwarzmarkt direkt in deine Stube bestellen. Alte Pharmafabriken im ehemaligen Ostblock stellen es dir gerne her. Aber wie läuft es beim Bestatter?»

Was wechselt er denn so abrupt das Thema?, wundert sich Emily. Doch sie sagt bloss: «In Todesnähe fühle ich mich paradoxerweise lebendig und irgendwie erweitert.»

«Das passt. Ein Pfarrer erzählte mir mal, Beerdigungen zu halten falle ihm bedeutend leichter als Hochzeiten. Bei Letzteren hätten die Leute noch fixe Vorstellungen, wie es zu sein habe. Bei Beerdigungen hingegen sei der Spielraum geweitet. Leid öffne den Menschen für Neues.»

Draussen eisiger Schneeregen. In Noahs Küche säuselt sanft das Kaminfeuer. Der Dreiklang der Uhren aus dem Wohnzimmer. Totenpflege, Überführungen ins Krematorium, Hinterbliebenengespräche … Es sind immer dieselben Aufgaben, aber im Revier des Todes kehrt trotzdem nie Routine ein. Tod und Alltag – sie passen nicht zusammen. Das Jenseits liegt ungeschickt auf dem Küchentisch.

«Letztes Jahr im Januar, das vergesse ich nie mehr!», erinnert sich Noah. «Die Polizei rief an. Man habe eine Waldleiche gefunden. Viel sei nicht mehr übrig. Der Mann sei vor einem Jahr gestorben. Einen Moment später kam ein Anruf aus dem Spital: ‹Mehrere Tote. Sofort kommen!›

Aber das Leichenauto stand nicht in der Garage, da ein Mitarbeiter irgendwo mit dem Wagen im Morast feststeckte – und das erst noch mit einem Toten hinten drin. Auch der Bestattungsbus unterwegs. Jesses!

Gegen Abend waren wir endlich bei der Waldleiche. Wanderer hatten sie gefunden. Ein Erhängter, dessen Strick gerissen war, so dass er damals unauffindbar ins Gestrüpp gerollt war. Er stank wie starker Kompost. Zerlöcherte Jeans um ein paar Knochen. Daneben ein Schädel. Rippen mit einer Jacke drum. Den Rest haben Wind und Wetter zersetzt. In der Dämmerung packten wir halb erfroren ein, was von ihm übrig war.

Du glaubst es nicht, aber in der Rechtsmedizin in Bern packten wir anstelle eines Toten einen lebendigen Sack aus: Spinnen, Sprungmaden und Käfer, die wie verrückt vom Obduktionstisch wegkrabbelten. Die waren uns im dunklen Wald entgangen. Umso aufdringlicher ihre Gegenwart danach. Es juckte uns überall, da diese Sprungmaden einen halben Meter in die Lüfte hüpfen können – direkt aus den zerlöcherten Jeans in unsere Kleider rein.»

Es ist wieder einmal Wahl- und Abstimmungssonntag in der Schweiz. Haitao ist jedes Mal von neuem fasziniert. In China sei es reine Zeitverschwendung, sich um Politik zu kümmern. «Ob du Kandidat A oder B wählst, ist einerlei, da beide dieselbe Stereotypie durchlaufen haben. Und welche Person sich hinter welchem Namen verbirgt, weiss man sowieso nicht. Die Wahlzettel sind reinste Attrappen. Es kommt also einzig auf die Schlupfwinkel an.» Und die kennt Haitao ausgiebig nach vier Jahren Militäruniversität. «Dort war es Vorschrift, immer mit anderen zusammenzusein, um so wenig Ich-Bewusstsein wie möglich zu erlangen. Ich-Bewusstsein ist schliesslich eine Frucht der Einsamkeit.» Pro Zimmer hätten sie zu neunt in Dreier-Stockwerkbetten geschlafen. Nur am Samstag hätten sie ein paar Stunden um Ausgang bitten dürfen, um allein in die Stadt zu fahren. «Allein? Denkste! In China bist du nie allein. Zu viele Leute, Autos, Musik und Lärm, was dir das Ich ausrottet.»

Serena kommt dazwischen, um mit einem Lineal bei allen Anwesenden das Gesicht zu vermessen, für Zeichnungsstudien. «Ist es nicht erstaunlich, wie gleich wir alle sind? Zumindest in Zahlen», meint sie und verzieht sich mit ihrem Lineal wieder in ihr Zimmer an die Staffelei.

Wieder Montag. Wieder dem Rhein entlangbrausen zu den Toten. Und immer noch die kalte Frage: Bestellt Ariane wirklich irgendeinen Scheiss im Internet, um damit einen Psychoanalytiker ins Jenseits zu befördern? Vielleicht würd's ihm sogar guttun …

Sie biegt bei Noah ein. In der Pfarrgemeinde Frick herrscht Aufruhr. Normalerweise werden muslimische Verstorbene auf den islamischen Friedhof in Basel oder zurück in ihre Heimat überführt. Aber dieser hier möchte explizit neben einem Christen zu liegen kommen. Es wird allseits begrüsst.

Bis ihm seine Ruhe gewährt wird, müssen allerdings beiderseits noch einige Vorstellungen erweitert werden, um sich zu finden. Die islamischen Bestattungsriten stammen aus einer Zeit, als die arabischen Völker als Hirten und Nomaden in Wüsten und Steppen wohnten. Die westlichen Bräuche balancieren zwischen Glaubensresten und Pragmatismus.

Nach der rituellen Waschung taucht bereits das erste Problem auf: Im Islam muss der Verstorbene innert vierundzwanzig Stunden in sein Grab gebracht werden. Die hiesigen Regeln gebieten, mindestens achtundvierzig Stunden abzuwarten. Man kommt überein, dass die Zeit relativ tickt, und verspricht, die Formalitäten so schnell wie möglich zu regeln. Der Imam nickt zufrieden.

Zweites Hindernis: Im Westen herrscht Sargpflicht. Die Muslime lehnen Särge ab. Stattdessen wird der Tote in eine acht Meter lange Stoffbahn gewickelt. Noah verhandelt mit dem Pfarrer: Das Material des Sarges sei nicht vorschriftspflichtig. Der Tote liege somit in einem ‹Stoffsarg›. Und so ist auch dieses Hindernis überbrückt.

Aber oh Schreck! Die Grabreihen auf dem Dorffriedhof sind gen Norden ausgerichtet. Ein Muslim soll aber vorschriftsgemäss mit dem Kopf nach Mekka liegen. Da kommt der Imam entgegen und relativiert: Es reiche, den Kopf so zu drehen, dass der Verstorbene Richtung Südosten gen Mekka blicken kann. Er steigt selbständig ins Grabloch und markiert mit dem Kompass den korrekten Winkel zwischen Polarstern und Mekka.

Das Begräbnis findet also wie geplant statt. Ein Muslim steht barfuss im Grab und nimmt den Verstorbenen im Stoffsarg in Empfang, wie es Brauch ist. Imam und Pfarrer sind zufrieden, bis die Diskussion um das Holzkreuz losgeht, das obligatorisch in die frische Erde auf dem Grab geschlagen wird. Noah bringt schliesslich die erlösende Idee. Er sägt den oberen Arm des Holzkreuzes ab. Für die Muslime ist es nun bloss ein Namensschild in T-Form, während der Pfarrer einwilligt, dass es ein Tau darstellt, das schon Franz von Assisi trug.

Imam und Pfarrer schütteln sich im Einklang die Hände.

Als Emily heimkommt, sitzt Jared heiter am Küchentisch. Er hat soeben eine Studienwoche in London über die Mysterien des Altertums absolviert und strahlt übers ganze Gesicht. Jetzt habe er endlich ‹sein Mädchen› gefunden – im Britischen Museum in der ägyptischen Abteilung. Er habe es sofort gewusst. Manchmal warte man ein halbes Leben, ohne dass äusserlich etwas Durchgreifendes passiere. Aber dann gehe es plötzlich zügig voran. Zwischen Sarkophagen und Totenmasken hätten sie rumgeknutscht. Die Mumien hätten Deckung gespendet. «Die reinste Liebessafari im Reich der Toten!»

Emily geht ins Zimmer und schreibt Ariane eine E-Mail. Eine Minute später trifft prompt eine Antwort ein: «Wenn diese Seelenschinderei so weitergeht, brauche ich bald einen Psychiater fürs Jenseits.»

Den hast du ja bereits dorthin befördert, denkt Emily und erschrickt über sich selbst.

Es sind Skiferien, doch Emily arbeitet weiter. Auf den Autodächern werden wieder am laufenden Meter ‹Särge› transportiert. Weiss der Teufel, ob dort wirklich Skier drin sind!

Emily schneit buchstäblich in Noahs Küche hinein. In den Schlagzeilen prangt in grossen Lettern: «Jackett-

Verbot für einen Toten!» In einer Gemeinde am Bodensee darf ein Verstorbener im Sarg keinen Anzug tragen. Leichenhemd-Pflicht. Noah lächelt nur, was Emilys Neugier hervorlockt.

«Ein starres Reglement musste ich auch ab und zu mit zivilem Ungehorsam auflockern. Es geht schliesslich um Menschen und nicht ums Erfüllen von Paragrafen. Wenn ein Verstorbener gemäss Reglement zu lange aufgebahrt war, kam noch nie ein Gemeinderat ins Haus: Der Tote müsse jetzt raus. Auch kam noch nie einer vom Bundesamt, man müsse dem Toten die Schuhe ausziehen, weil die Gummisohlen in der Erde nicht abbaubar seien.»

Emily kichert. Das Kaminfeuer knistert.

«Im Friedhofsreglement eines Dorfes hiess es: ‹Der Sarg muss im Aufbahrungsraum geschlossen bleiben.› Ich stellte den Sarg mit offenem Deckel hin. Als ich kurz darauf nochmals ein Auge in den Aufbahrungsraum warf, war der Deckel zu. Der Friedhofsgärtner hatte ihn geschlossen. Ich öffnete ihn wieder. Später schloss ihn der Gärtner erneut. Und so fochten wir einen Kampf: Sargdeckel auf, Sargdeckel zu, auf, zu ... Irgendwann erschien der Gärtner mit hässigem Gesicht: ‹Es gibt nüt meh z'luägä, es gibt nüt meh z'luägä!›

Da sagte ich zu ihm: ‹Wozu bahrt ihr die Verstorbenen auf? Sollen die Angehörigen auf den Sargdeckel klopfen, um ihnen adieu zu sagen?› Aus rein physikalischen Gründen ist es ausserdem ratsam, dem vom Sterben heissen Körper Luft zuzuführen, da er sonst im geschlossenen Sarg aufquillt wie ein Hefekuchen.

Der Friedhofsgärtner blieb stur. Im Reglement stehe eindeutig, der Sarg müsse verschlossen bleiben. Da dachte ich: Wer nie Trauer erlebt hat, weiss nicht, wessen Trauernde bedürfen. Das kann niemals im Reglement geregelt werden.

Schnurstracks suchte ich das Gemeindehaus auf. Nach einem weiteren Gerangel fügte man dem Reglement folgenden Satz hinzu: ‹Wenn die Familie es ausdrücklich wünscht, darf der Sargdeckel im Aufbahrungsraum entfernt werden.›

Wenig später starb die Frau des Friedhofsgärtners, ausgerechnet vor dem *10 vor 10.* Als ich sie also vor dem Fernseher liegend abholte, rutschte mir der Satz raus: ‹Es gibt nüt meh z'luägä!›

Da knallte der Friedhofsgärtner die Tür vor meiner Nase zu, und ich merkte, dass ich zu weit gegangen war. Später stand ich mit einer Flasche Wein auf seiner Matte, und wir bereinigten die Sache in Frieden. Er war sichtlich froh, dass der Sargdeckel seiner Frau im Aufbahrungsraum offen bleiben durfte. Wer Trauer erlebt hat, weiss, wessen Trauernde bedürfen.»

«Das klingt so, als ob eine totenverständigere Zeit anbrechen würde.»

«Eine würdige Enttabuisierung. Die Angehörigen trauen sich vermehrt, ihre Bedürfnisse zu formulieren. Nur so kommt man weiter. Sie wollen nicht mehr wie früher einfach mit sich geschehen lassen, sondern selbst gestalten.

Einmal rief mich eine verzweifelte Hebamme an. Sie sei im Spital und bringe es einfach nicht übers Herz, ein abgetriebenes Zwillingspärchen ins Abbruchmaterial zu geben – in der Medizin sind das die Kübel, wo sogenannter Humanabfall reinkommt, der dann gerne als menschliche Zellen in die Kosmetikindustrie abwandert. Föten im Lippenstift und so. Also holte ich die zwei Menschlein von dreizehn Zentimetern Länge mit dem Sieben-Meter-Schlitten ab und versprach eine würdige Bestattung. Aber wohin jetzt? Ich hatte Glück: Manchmal schreibt das Leben eine lückenlose Geschichte. Eine hundertjährige Frau starb am selben Tag. Noch mit achtundneunzig hatte sie bei *Ja zum Leben* eingezahlt und gegen Schwangerschaftsabbrüche gekämpft. Ich fragte ihre Tochter, eine Klosterfrau: ‹Darf ich diese zwei unerwünschten Menschlein eurer Mama in den Sarg mitgeben?› Es war für sie eine solche Freude, dass ich das Säcklein sofort hineinlegen durfte, und die würdige Beerdigung war garantiert.

Dann kam's noch dicker. Eine Frau rief mich verzweifelt an. Sie habe eine Frühgeburt gehabt, aber sie dürfe ihren Embryo nicht beerdigen. Also telefonierte ich ins Spital. Wo der Embryo sei? Man rücke keinen Humanabfall raus, weil der sonst irgendwo verlocht werde, kam als Antwort. Da sagte ich: ‹Hören Sie mal, ich komme jetzt mit einem grossen Leichenwagen und werde so lange vor Ihren Türen hornen, bis Sie den Embryo rausgeben.›

Ich sehe noch heute das strahlende Gesicht der Mutter, als ich ihr ihren Embryo übergeben durfte. Aber danach kam nicht nur der Gemeinderat bei mir vorbei, sondern gradewegs noch ein Regierungsrat. In einer Podiumsdiskussion setzte ich mich dafür ein, dass auch Embryonen vor dem bestattungspflichtigen Alter würdig behandelt werden. Die Diskussion ging hin und her. Schliesslich sagte ich, das Gesetz behandle Tiere würdiger als Menschen, und zitierte aus einer Verordnung des Bundes: ‹Vergraben werden dürfen einzelne kleine Tiere bis zu einem Gewicht von zehn Kilogramm auf Privatgrund.› Da wellte ein Applaussturm durch die Reihen der Zuhörer. Weisch wiä schön! Unser kleines Dorf war eines der ersten der Schweiz, das auf dem Friedhof ein Plätzchen für Embryonen und

Föten einrichtete. Geh mal hin! Die Minikreuzchen von zehn bis fünfzehn Zentimetern, je nach Grösse des Kindchens, sind entzückend. Und vor allem würdig.»

Von weitem sieht Emily Serena wie ein Schneemann auf der Bank vor dem Studentenheim sitzen. Raucht sie? Nein, sie bläst Seifenblasen in die Luft. Verlegen erklärt sie, sie habe eigentlich einkaufen wollen, sei aber statt mit Essen mit einem Seifenblasenfläschchen für Kinder aus dem Laden gekommen. «Da habe ich zum ersten Mal realisiert: Kreativität ist nichts anderes als das Kind, das in dir überlebt hat.» Sie bläst weiter Blasen, die ihr der Wind zurück ins Gesicht weht und auf ihrer Nase zerschellen lässt. «Heute Morgen blickte ich in den Spiegel, aber mein Spiegelbild schaute mich gar nicht an. Ist dir so was schon mal passiert? Ich dachte: Irgendeiner in mir sucht noch was.»

Dem kann Emily nur zustimmen. Sie geht in ihr Zimmer. In ihrer Mailbox findet sie zwei Nachrichten vor. Rolf: «Konnte dich nicht erreichen, aber diesen Knaller musst du wissen: Analysen auf molekularer Ebene haben eindeutig ergeben, dass das Pentobarbital in Schiwagos Glas direkt vom Hersteller stammt und kein gefälschtes Schwarzmarktprodukt ist!» Warum ist Rolf diese Mitteilung so wichtig? Emily schaudert. Normalerweise muss sie ihm jegliche Neuigkeit über Schiwagos Tod zur Nase rausziehen.

Die zweite E-Mail ist ein Spam: Einer will ihr günstig Pentobarbital andrehen. Geht's noch?!

Das Telefon läutet. Haitao nimmt ab und reicht den Hörer ausdruckslos an Emily weiter. Am anderen Ende des Apparats begrüsst sie Ariane.

«Ariane, du Schlimme, mit dir mache ich eine Achterbahnfahrt durch!»

«Ach was! Eher ich mit den Bullen. Auch wenn ich selten einen zu sehen kriege, so spür ich es doch. Letzte Woche tauchte einer auf meiner Matte auf. Arm in Arm mit einer Sozialdüse. Die reizen einen geradezu, ein Mörder zu werden. Meine heissen Burschen, die Messer, sind immer noch bei denen in Verwahrung, und zwar die ganze Sammlung. Stell dir mal den Gag vor!»

Emily vorsichtig wie ein Advokat: «Liege ich richtig in der Annahme, dass du den Spruch für deinen irgendwann stattfindenden Tod schon ausgewählt hast?»

«Selbstverständlich! Sogar die Beerdigungsmusik steht fest. Man soll es seinen Angehörigen schon im Voraus so reibungslos wie möglich machen. Also ich würde für meine Todesanzeige Rilke mieten:

Ich geh dir nach, wie aus der dumpfen Zelle
ein Halbgeheilter schreitet: in der Helle.»

Emily ist baff. «Im Ernst?»

«Völlig. Wenn ich tot bin, geh ich mich selbst im Himmel begrüssen. Macht das nicht jeder nach seinem Tod und wird überrascht sein, wie gut und schön er im Kern ist? Hier ist doch alles verstellt. Das sperrige Leben.»

Auf dem Balkon hängt Jared mit einem Bierchen und sonnt seine Gedanken in der kühlen Sonne. Er würde für den Trauerspruch den Philosophen Schopenhauer heranziehen, erklärt er auf Emilys Frage hin:

Ich glaube, dass wenn der Tod unsere Augen schliesst, wir in einem Lichte stehen, von welchem unser Sonnenlicht nur der Schatten ist.

Ein muffeliger Wintermorgen. Noahs Sohn kommt ihr im Schneegestöber kurzärmlig entgegen: «Hoi Emily, wann warst du das letzte Mal im Tessin?»

«Schon Ewigkeiten her.»

«Dann steig ein, es geht los! Wir haben einen Verstorbenen in einem Altersheim am Lago Maggiore abzuholen.»

Beduselt setzt sie sich in den Leichenwagen. Eh sie richtig wach ist, empfangen sie Palmen und Südsonne jenseits des Gotthards. In der gepflegten Altersresidenz mit Seeblick nehmen sie den Verstorbenen in ihre Obhut. Bevor sie in den Winter zurückfahren, essen sie noch einen Imbiss im Garten. Lebensfrohe Vögel, erwachende Blumen, der schwungvolle See.

«Weisst du es eigentlich, Emily?», fragt Noahs Sohn. «Noah wird kürzertreten müssen.»

«Pensionierung?»

«Ja, aber nicht von der Arbeit, sondern vom Leben, denn das Leben fechtet in ihm gegen Leukämie. Der Gewinner ist noch nicht diagnostiziert.»

In diesem Moment fällt ein Blütenblatt auf den Tisch – so geräuschlos wie die Ewigkeit.

«Wir hoffen das Beste.»

Abends kommt ihr die Reise vor, als wäre sie nur im Traum passiert. Auch das Gesprochene – nur eine Wachillusion.

In der Zeitung liest Emily, dass einer in Polen einen Bus gestohlen hat. Leider war der Bus ein Leichenwagen mit sieben Särgen hinten drin. Das hat der Dieb in der Eile seiner Verrichtung nicht bemerkt. Als er es merkte, muss er wohl vor Schreck auf und davon gerannt sein – man fand den Bus mitten im Wald, den Motor noch laufend, die Särge unberührt.

«Das Gute an unserem Job ist, dass man normalerweise keine Angst haben muss, das Material käme einem abhanden», sagt Noah bleich, aber heiter. «Man muss nicht mal ein ‹Bitte nicht berühren›-Schildchen aufstellen.»

«Ausser wenn du eine Überführung nach Sizilien zu bewältigen hast!», wirft Noahs Sohn dazwischen. «Wenn du mit dem Sarg angereist kommst, holen dich Angehörige in mehreren Autos schon sechzig Kilometer vorher auf der Autobahn ab, damit nicht die Mafia den Toten klaut, um Lösegeld zu erpressen.»

«Erzähl mir von solchen Auslandtransporten!» Emilys Ohren stehen sperrangelweit offen.

«Ganz einfach, du fährst mit einem Toten im Gepäck zweitausend Kilometer in den Süden runter. Du sitzt und sitzt ... und sitzt immer noch, auch wenn du längst wieder stehst. Während der Fahrt ist dein Hauptnahrungsmittel Espresso mit Zucker.

Früher, als die Verwurzelung der italienischen Gastarbeiterfamilien zu ihrem Mutterland noch stärker war, gab es für uns mehrmals pro Jahr eine solche Totenreise gen Süden. Man wollte die Gastarbeiter heimholen in die Familiengruft.»

«Ist fliegen nicht bequemer?»

«Italiener lassen ihre Verstorbenen nur über ihre eigene Leiche fliegen. Den Fluggesellschaften ist es nämlich egal, ob ein Mensch, eine Rindshuft oder ein Gabelstapler transportiert wird – man zahlt per Kilo. Ein Affront für pietätvolle Italiener!

Ausserdem werden am Flughafenzoll in Rom sämtliche Särge geöffnet und ausgiebig inspiziert. Daher: Kein Schmuggel nach Italien per Sarg möglich! Der Kontrollprozess dauert mehrere Tage, während die Verwandten in Schwarz vor der Gruft warten. Das geht nicht. Es kann nämlich vorkommen, dass eine Familie anruft: ‹Morgen ist die Beerdigung in Süditalien, Spanien oder Portugal. Bitte bringt uns unseren Verstorbenen rechtzeitig!› Du packst also deine Zahnbürste, schiebst den Toten in den Kofferraum und fährst die ganze Nacht durch.»

«Wird echt in Särgen Material geschmuggelt?», wundert sich Emily.

«Es wäre durchaus möglich. In der Schweiz gibt es fünfzehn vom Bund bevollmächtigte Bestatter, die fürs Ausland Leichenpässe ausstellen und Särge versiegeln dürfen, also luftdicht verlöten. Unser Bestattungsdienst ist einer der fünfzehn. Es wäre ein Leichtes, einem Verstorbenen Schmuggelgut mitzugeben. Einzig in Italien werden die verlöteten Särge dann geöffnet.»

In Urnen könnte man bestimmt problemlos Diamanten und Drogen befördern, überlegt Emily. Oder wühlt je ein Zöllner mit der Hand in Menschenasche rum?

Noahs Sohn berichtet weiter: «In Sizilien ist man als Bestatter ein geachteter Mann. Wenn der Leichenwagen an ihnen vorbeifährt, nehmen die Menschen ihre Hüte ab und bekreuzigen sich. Bei uns hingegen schielen die Leute mit Grausen zum Leichenwagen, als wärst du ein Henker.

Die Südländer haben noch ihre Rituale. Unser erster Stopp ist jeweils eine schön geschmückte Garage vor dem Haus des Verstorbenen. Der Sarg wird kurz hereingetragen und geöffnet, damit auch der Rest der Seele noch herausfliegen kann.

Die Italiener nehmen es ausserdem sehr genau mit der kirchlichen Auferstehung des Leibes. Ein amputiertes Bein wird schon zu Lebtag in die Familiengruft gelegt, damit wirklich der ganze Körper in den Himmel kommt.

Die eigentliche Bestattungsfeier ist dann ein eindrücklicher Zug durchs Dorf. Zuvorderst fahren in Schritttempo zwei Fiat Cinquecento mit drei Meter langen Blumenladen auf dem Dach. Dahinter die Musikgesellschaft, eine Bläsertruppe von fünfzig Mann. In zweihundert Metern Abstand trottet der Pfarrer allein vor sich hin. Dann kommen wir im Leichenauto, und hinter uns tragen sechs Sargträger den Verstorbenen. Anschliessend die Trauerfamilie, in der abwechselnd jemand in Ohnmacht fällt, denn getrauert wird mit voller Kraft. Den Abschluss des Umzuges bildet die Dorfgemeinschaft.

Einmal geschah es, dass der Zug durch eine enge Kurve im verschachtelten Häusermeer geführt wurde. Ich rief den Sargträgern zu, dass der überlange Leichenwagen unmöglich um diese Kurve rumkomme. Aber die Jungs winkten nur lässig mit den Händen: ‹Dai, dai! Komm schon!› Aber wir blieben stecken und schwitzten, was das Zeug hielt. Weder vorwärts noch rückwärts war möglich. Himmel! Plötzlich wurden wir emporgehoben, einen Meter rübergeschoben und mit einem Plumps wieder fallen gelassen. Schock pur! Zwanzig Jungs hatten doch tatsächlich den Sieben-Meter-Schlitten hinten in die Höhe gelüpft und um die Biegung gedreht. Während wir uns leichenblass ansahen, lachten die Jungs vor Spass.

In der Abdankungsmesse, die fast zwei Stunden dauert, herrscht ein reges Raus und Rein, vor allem sind es die Männer, die rauchen gehen und über Fussball schwatzen. Anschliessend wird der Sarg in die Totenstadt gebracht.»

«Totenstadt?»

«Ja, es gibt ganze Städte für die Verstorbenen. Es gibt dort Strassen mit Namen und Verkehrsschildern.

Die meisten Familien besitzen in der Totenstadt ein Haus nur für ihre Verstorbenen. Es hat Öffnungen, wo die Särge hineingeschoben werden: eine Luftbestattung. Die Leichen trocknen mit der Zeit aus und zerfallen. Die Trauerfamilie begibt sich also zu ihrem Haus und versorgt den Sarg im Kasten. Ein Maurer steht bereits mit seiner Kelle daneben und verschliesst das Loch mit Backsteinen und Zement. Hinten wird immer noch getrauert, während vorne bereits das Verkaufsgespräch vor Ort losgeht. Ein Architekt misst die Öffnung und berechnet die Marmorplatte, die auf den Zement kommt. Summenberechnungen für Aufschrift und Blumenschmuck folgen.

Meist sitzen wir noch ein paar Stunden still am Meer und essen fein, bevor es wieder dreiundzwanzig Stunden nach Hause geht.»

«Ich möchte auch mal auf eine solche Reise mitkommen!», begeistert sich Emily.

Noah in der Kochschürze am Herd streichelt mit der Kelle seine selbstgemachten Spätzle und sagt: «Das kann schneller passieren, als du denkst. Eines Frühlings ist eine Frau auf einer Tulpenfahrt verstorben. Meldung an uns: In fünf Tagen sei die Leiche am Flughafen Kloten abholbereit. In fünf Tagen?! Geht's noch! Da fahr ich lieber schnell nach Holland und hol die Dame heim. Zehn Minuten später sass ich im Auto Richtung Zoetermeer bei Den Haag. Den ganzen Nachmittag blochte ich durch, bis ich nachts um zwei im Krankenhaus einbog. Es war aber das Wochenende vor dem Königinnentag. Meinst du, vor der Beatrix rückt noch einer eine Leiche raus? Weil die Beamten bereits am Festen waren, bekam ich keinen Leichenpass ausgestellt, um die Frau über die Grenze zu fahren. Da musste ich gfürchig wie ein Totengott durch die Krankenhausgänge donnern und Skandal machen, bis mir dann doch irgendjemand irgendetwas ausstellte. An einer Tankstelle kaufte ich sämtliche Tulpen leer und legte sie der Frau in den Sarg, damit sie doch noch zu ihrer Tulpenfahrt kam.»

8. Die Wasser des Lebens

«Noah ist schnell ins Wallis gefahren mit hundertachtzig Würsten», sagt Noahs Sohn beiläufig, als Emily am Montag wieder beim Bestattungsdienst eintrifft. «Die haben wir übers Wochenende beim Dorfmetzger hergestellt nach altem Walliser Rezept. Köstlich! Noah kann sie bei Verwandten im Keller aufhängen zum Lufttrocknen. Wenn du aufs Mal eine grosse Trauerfamilie zu bewirten hast, muss schliesslich was Anständiges auf den Tisch.»

Eine Gruppe Pflegerinnen in Ausbildung trudelt ein. Noahs Sohn hält in der Küche einen Vortrag für sie über den Alltag eines Bestatters und den Umgang mit dem Tod. Emily denkt: Der Tod als Schulungsweg. Äusserlich passiert nicht viel. Die Toten liegen verschwiegen da. Dafür passiert innerlich umso mehr.

Sie geht ins Büro und sucht im Computer die Fotos heraus, die sie damals vom toten Schiwago gemacht hat. Auf diesen Bildern ist er eine ganze Woche tot und immer noch so gutaussehend. Das soll mal einer fertigbringen. Und stumm wie ein Fisch. Was war es doch, was Noah bei seinem Anblick gesagt hatte? Es kommt ihr partout nicht in den Sinn.

Eine Mitarbeiterin besucht einen Fortbildungskurs in Thanatopraxie. Dabei geht es um die optische Wiederherstellung von entstellten Körpern durch Restauration und Kosmetik. Auch die vorübergehende Konservierung eines Verstorbenen zum Zweck seiner Überführung ins Ausland steht auf dem Kursprogramm. Und sogar die Herstellung von Totenmasken oder Abgüssen von Händen als tastbare Erinnerung.

«Das klingt morbid», empfindet Emily.

«Im Gegenteil! Es ist heilend», berichtigt Noah, der unterdessen die hundertachtzig Würste im Wallis deponiert hat. Er sieht alles andere als krank aus. Seit seiner Diagnose macht er nur noch das, was er wirklich gern macht. «Stell dir vor, eine Frau sitzt wie angenagelt auf dem Sofa in ihrer Stube. Im Nebenzimmer liegt ihr Mann ohne Kopf. Blut, überall Blut. Sogar von der Zimmerdecke tropft Blut. Das wäre das letzte Bild ihres Mannes, das diese Frau für den Rest ihres Lebens in sich trägt. *Das* wäre doch morbid!

Die Restauration des Körpers hingegen ermöglicht ihr eine würdige Abschiednahme am offenen Sarg und die Rehabilitation von Bildern des Grauens. Auch für Polizisten ist es eine Wohltat, die schlimmen Bilder vernäht zu sehen. Der Körper selbst ist bloss noch Arbeitsmaterial, wenn auch ein königliches. Aber der Geist ist draussen. Ihn schert es wohl wenig, was mit seiner Hülle noch passiert, genau wie ein Schmetterling seinem Kokon keine Beachtung mehr schenkt.»

Emily rinnt unwillkürlich ein Schauer den Rücken hinunter «Ist es denn nicht gruselig für dich, aus einem Blutklumpen einen Menschen zu rekonstruieren?»

«Kommt ein Unfallopfer, so gilt es erst einmal: waschen, waschen, waschen. Die Haut ist wie ein Ledersack: Er platzt auf, aber alle Teile sind noch vorhanden. Oft kann ich diese Hautteile wieder zusammennähen, nachdem ich mit Zellstoff und Baumwolle zum Beispiel ein fehlendes Hirnteil ergänzt habe. Nähte kann ich abpudern.

Ob du Haut oder Stoff nähst, es ist einfach eine andere Art Material. Ich übte zu meinen Anfangszeiten zuerst an einem Saufuss, bevor ich erste Stiche an Verstorbenen vornahm. Wie ein Restaurator, der ein Bild wiederherstellt. Der Körper ist ein Bild des Menschen.»

In dem Moment steigt eine andere Mitarbeiterin ungewöhnlich aufgewühlt aus dem Leichenauto. Dabei hat sie bloss eine Verstorbene in deren Alterswohnung abgeholt.

Was denn passiert sei?

Der ganze Transport sei eine Inszenierung sondergleichen gewesen, meint sie. Andauernd durch seltsame Hindernisse gestört, die sonst niemals vorkommen. «Der Sargdeckel passte plötzlich nicht mehr! Das ist mir jetzt auch noch nie passiert, dachte ich. Am Morgen liess er sich noch wie geschmiert zuschrauben, aber nach dem Einsargen der Verstorbenen schien der Deckel verzogen. Als ich den Lift von der Alterswohnung ins Erdgeschoss drückte, wartete ich mit der Verstorbenen im Sarg eine geschlagene Viertelstunde vor verschlossener Lifttür! Es war wie verhext. Mehrmals fuhr der Lift an uns vorbei, ohne anzuhalten. Als wir endlich unten ankamen und losfuhren, trafen wir überall auf Baustellen, die sonst nicht dort sind. Bei jedem Rotlicht war selbstverständlich rot.

Ich bin eine bodenständige Frau, sonst könnte ich diese Arbeit nicht leisten, aber hier wundere selbst ich mich: Ist es dieser Verstorbenen noch zu früh, aus ihrer Wohnung weggebracht zu werden? Braucht sie noch Zeit?»

«Du weisst ja, Verstorbene haben auch eine Sprache», beruhigt Noah sie. «Ich behaupte zu sagen, jeder

Mensch macht täglich übersinnliche Erfahrungen, ob er sich nun achtet oder nicht. Als Bestatter sowieso! Ich wate im Grenzgebiet zwischen den Lebenden und den Toten umher und erlebe bestimmte Kräfte. Für jene, die es erleben, ist es ein heiliger Moment. Vielleicht ist es nur für sie bestimmt, denn für andere klingt es nacherzählt platt und zufällig. Aber sie erleben Kräfte dahinter, die in besagtem Moment so gewaltig sind, dass sie jeden Zufall übertrumpfen. Alles hat eine Sprache, auch ohne dass es spricht. Ein unwahrscheinliches Geschenk, wenn du es trotzdem hören kannst.

Ich erinnere mich an eine italienische Nonna, die mir auf dem Sterbebett gewichtig ans Herz legte, sie wolle erst dann im Erdboden verschwinden, wenn ihre ganze verstreute Grosssippe hier angekommen sei. Nach ihrem Tod passierte etwas Einmaliges: Ihr korpulenter Körper machte keinen Wank auf dem Katafalk. Andere Tote kannst du nach einem Tag weder ansehen noch riechen, oder du findest bloss noch eine verdorrte Hülle vor. Aber diese Donna hielt ihren toten Leib geschlagene drei Wochen intakt, ohne jegliche Veränderung, bis auch der hinterletzte Grossenkel aus Südamerika eingetroffen war. Ist das nicht ergreifend?»

«Heisst das, ein Verstorbener sieht alles, was mit seinem Körper geschieht?!»

«Was Tote für ein Bewusstsein haben, weiss ich nicht, aber dass sie eines haben, da bin ich mir gewiss.»

Serenas lustige Locken verstecken sich verhängnisvoll unter dem Kopfkissen. Ihre Bildervernissage hat sie mit Bravour gemeistert und nun das! Vor lauter Selbstzweifel liegen ihre Glieder wie bei einem verschroteten Getreidekorn unordentlich im Bett verstreut. Unter dem

Kopfkissen jammert es: «Das war's. Adieu, du liebe Malerei!»

«Was ist passiert?»

Gar nichts, stellt sich heraus, reine Routinesache, die viele Künstler nach einem Erfolg überkommt: eine schwere Krise. Man hat sich weit über sich hinaus emporgeschwungen, um danach als Ausgleich umso tiefer unter sich selbst hinabzustürzen. Ein Pendel, das seine Mitte wiederfinden muss. Toxische Scham über die eigene Existenz als Folge. Zumindest ein Zeichen, dass man über sich selbst hinausgewachsen ist.

Irgendwann sammelt sich Serena aus dem untergegangenen Chaos wieder zusammen. Mit eifriger Hand hängt sie vornübergebeugt am Küchentisch über einem Stück Papier und kritzelt in einem Zug menschliche Mimik nieder. Dabei stehen ihre roten Locken in alle Richtungen wie Antennen, die Ideen einfangen.

Jared schleicht sich in Serenas Zimmer und klebt einen Merkzettel an deren Spiegel:

> Ich streite nicht mehr ab, dass ich eine Künstlerin bin!
> (Zehnmal pro Tag lesen!)

Derweil ein enthusiastischer Rolf am Telefon: «Hi Emily! Lebst du noch unter all den Toten?»

«Und wie!»

«Dann setz dich mal auf einen Sargdeckel! Mein Liebster hat mir soeben News aus dem Burghölzli geliefert.»

«Über Schiwagos Tod?»

«Also, ein weiterer Mörder wird in Betracht gezogen.»

«Voll? Wer?»

«Er selbst! Die Ermittlungsbehörden gehen neuerdings von Suizid aus.»

«Schiwago setzt sich zu C. G. Jung ins Häuschen und schlürft einen Schierlingsbecher? Vergiss den!»

«Gleicht natürlich einem Skandal: Suizid von einem, der Suizid verhindern soll. Aber Psychiater heute sind doch die unterdrücktesten Seelen in der Gesellschaft. Sie werden gezwungen, kompetent über die Seele zu palavern. Aber wissen sie selbst, in ihrer eigenen Seele zu leben und sich dem abgelagerten Mist in ihr zu stellen, der in jeder Seele sein Dasein fristet? Vor lauter Scheinreifevortäuschung kommen sie gar nicht dazu, ihre Seele aufzuräumen, und verpassen somit das eigene Potenzial.»

«Ich sehe, du machst dich selbst vorzüglich als Psychiater.»

«Ich, ein Psychiater? Warum eigentlich nicht? Bei mir würde keiner ‹gesund›. Aber es gäbe wenigstens etwas zu lachen. Das erhöht die Lebensqualität. Und Chips immerzu à discretion!» Demonstratives Kartoffelkrachen durch den Telefonhörer und weiter: «Am Ende kommst du aber als Patient weiter als in der Psychiaterrolle, weil dein Spielraum grösser ist als deren. Die gegenwärtige Matrix gewährt ihnen vorwiegend angelernte Möglichkeiten, aber die genuinen? Es bedürfte der Schaffung einer menschengerechteren Matrix.»

Sie trifft sich mit Ariane am Hauptbahnhof Zürich unter dem Schutzengel mit den gestreiften Latzhosen von Niki de Saint Phalle. Mächtig hängt er unter der Stahlkonstruktion der Halle. Man weiss nie im Voraus, wo genau der Treffpunkt darunter ist, da der Engel regelmässig an der Hallendecke umhergeschoben wird.

Auf dem Platzspitz hinter dem Landesmuseum trinken sie Schweppes Tonic und diskutieren die neusten Nachrichten über Schiwago.

«Poeten haben doch immer Gift im Schrank – für den Notfall. Aber die Bullen machen mir nicht den Anschein, von der Selbstmordthese überzeugt zu sein. Die striegeln immer noch bünzlig genau meine Minuten durch.

Ich lese jetzt ein Buch nach dem andern über Todesnähe-Erlebnisse. Und weisst du was? Seitdem steht Suizid für mich selbst nicht mehr zur Debatte. Und weisst du noch was? Forscher gaben suizidgefährdeten Patienten Bücher über Nahtoderlebnisse zu lesen, was bei sämtlichen Patienten dazu führte, dass sie Suizid nicht mehr als Lösung ihrer Probleme sahen und ihr Leben viel besser durchtragen konnten. Das ist doch absolut revolutionär! Dass mir das bis dato kein Seelenreparateur verraten hat, so gern ich sie auch mochte! Dann drehen wir halt die Rollen um, und ich sage es ihnen: Wie ein Hühnchen rupfen wir meine Kindheit kahl, anstatt jenen zuzuhören, die den Tod überlebten und aus der Zukunft zurückkehrten mit echten Visionen.»

Aufgeregt suckelt sie am Strohhalm ihrer Bitterlimo, bevor sie weiterfährt: «Alle haben sie es gewusst in allen Kulturen: Homer in seiner *Odyssee*, der Philosoph Platon, das ägyptische und tibetanische Totenbuch und die frühen Christen Roms bis zum heutigen Tag, wo geschätzte fünfzig Millionen Menschen weltweit bereits ein Nahtoderlebnis hatten! Meine Messer kommen mir jetzt alle lächerlich vor. Wenn du später wirklich an der Reihe bist, so ist es ein Fest, zurückzukehren. Vorher lasse man lieber die Finger davon! Und wenn es dich juckt, zu den Messern oder den Tabletten zu langen, dann pack lieber ein Nahtodbuch und bedenke, dass wir doch alle auf einer wesentlichen Schicht viel mehr miteinander verbunden sind, als wir in unserer alltäglichen Isolation erleben können. Jene, die schwer mit dem Leben hadern und ihr Weiterleben täglich tapfer erringen, leisten somit einen bedeutsamen Beitrag für all jene, die es nicht geschafft haben.»

«Wäre ja höchst wünschenswert, selbst so ein Nahtoderlebnis einzufordern, wenn es im Jenseits so schön ist», meint Emily pragmatisch.

«Vergiss das! Amerikanische Forscher versuchten, künstliche Nahtoderlebnisse zu initiieren, indem sie Menschen klinisch an die Todesgrenze heranführten. Es gelang aber nur illusorisch. Weder erlebte auch nur einer davon eine Lebensrückschau, noch konnte er hören, was während seines ausserkörperlichen Zustandes im selben Raum gesprochen wurde, was bei einem Nahtoderlebnis der Fall ist. Es geht wohl nicht per Knopfdruck, nur unter Schicksalsgenehmigung.»

Nach dem Gespräch wandern sie zum Bahnhof zurück. Ariane bleibt unter dem Engel stehen, um Emily adieu zu winken. Bis diese die Gleise erreicht hat, verharrt Ariane dort. Mit seltsamer Gewissheit weiss Emily, dass Ariane innerlich einen Segen für sie spricht. Das rührt sie dermassen, dass in ihr ein Stückchen Himmel aufgeht.

Zu Hause in Dornach sitzt Jared voller Hingabe vor einem Stapel Bücher über die vorchristlichen Mysterien. «Hola Emily! Weisst du eigentlich, dass die Arche Noah gar kein Schiff, sondern ein Sarg war? Das geht deutlich aus dem hebräischen Wort hervor, auch aus alten Sagen. Ein Sarg, der im Fruchtwasser dahintreibt bis zur Neugeburt. Im Griechischen bedeutet Arche ‹Anfang›.»

«Willst du mir damit sagen, der Sarg ist ein Anfang? Der Tod nicht das Ende, im Gegenteil?»

«Geh mal nach Rom und schau dir die Wände der Katakomben an! Überall Zeichnungen von Särgen, aus denen Menschen mit ausgestreckten Armen emportauchen. Auf dem Kopf eine Taube. Der Sarg, ein Symbol für den menschlichen Körper, aus dem sie zu einer Schau enthoben wurden wie schon früher in den ägyptischen Mysterien. Sarkophag heisst ‹Fleischesser›.»

Emilys Kopf versinkt nachdenklich in ihren aufgestützten Armen. Wieder kommt in ihr die Frage: Sieht und hört ein Verstorbener eigentlich, was ich um seinen Körper rum mache?

Manche Antworten sitzen am Küchentisch und essen freundlichkeitshalber Serenas Wüstenstaubkekse.

«Dear, komm rein!», ruft diese Emily aufgeregt zu und stellt ihr die Frau am Küchentisch vor. «Das ist eine Freundin aus Irland. Sie macht das, was du kurz nachher weiterführst: Sie begleitet Sterbende!»

Die Sterbebegleiterin ist von ausgesprochen lebensfroher Natur. Sogleich beginnt sie von ihrer Arbeit zu erzählen, während Emily gebannt zuhört. «Als Kind drängelte ich zu wissen, wo der Tod einen hinführt. Meine Eltern und die Pfarrleute gaben stets dieselbe abwehrende Antwort: Man kommt in den Himmel, der Rest bleibt ein Geheimnis. Was ist der Himmel? Der Himmel ist oben. Mehr braucht niemand zu wissen, sagte man mir.

Mit zwölf Jahren radelte ich weit bis zu einem abgelegenen Häuschen, von dem ich wusste: Dort drinnen warten die Toten, bis sie an der Reihe sind, beerdigt zu werden. Ich schraubte die Sargnägel auf und öffnete den Deckel. Da lag eine sonderbare menschliche Hülle, die mich erst noch anlächelte!»

Emily langt vor Aufregung nach einem Keks, der mit jedem Bissen zu stäuben scheint.

«Ich nahm dann zuerst als Hebamme einen Schlenker in den Geburtssaal. Wunderschöne Erlebnisse! Aber ich sage dir, der Sterbeprozess ist noch viel erhabener als die Geburt. Voller Würde und Lebensbejahung, geradezu freudevoll, weil du unmittelbar spürst: Der Tod ist bloss ein Tor, durch welches das Leben hindurchschreitet in eine erweiterte Landschaft hinaus.»

«Kannst du das denn sehen?»

«Ich nicht, aber viele Sterbende. In der Sterbeforschung wird das Phänomen ‹Sterbebettvision› genannt: Kurz vor ihrem Tod nehmen viele Sterbende bereits verstorbene Verwandte oder weiss-leuchtendes Licht wahr. Wenn du offen bist, erzählen sie dir davon. Eine verstandesgesunde, aber schwächliche alte Dame im Pflegeheim berichtete mir oft, sie sehe ihre verstorbenen Angehörigen durch die Gänge spazieren und wundere sich, weshalb sie nicht mitgenommen werde. Eines Tages empfing sie mich glückselig: ‹Sie kommen mich morgen heimholen!› Ich verstand es so, dass ihre Kinder sie mit dem Rollstuhl zu sich heimnähmen. Doch sie korrigierte mich: ‹Nein, nein, sie holen mich in mein wirkliches Zuhause!› Am andern Tag war sie tatsächlich tot.»

«Geschieht das auch solchen Sterbenden, für die es nach dem Tod fixfertig und aus ist?», fragt Emily herausfordernd.

«So einer ist mir noch nie begegnet. Auf dem Sterbebett beginnt jeder Mensch nach Spiritualität zu suchen und bewegt die grossen Fragen über Sinn und Dasein – selbst die Hardliner-Atheisten! In zwanzig Jahren habe ich nie etwas anderes erlebt. Das Sterben kitzelt immer die spirituellen Fragen aus dem Menschen heraus.»

«Das muss ja ein Wahnsinnsding sein, so ein Sterbeprozess!»

«Der Tod ist noch viel individueller als die Geburt! Da war eine bettlägerige Frau, die fünf Tage nichts gegessen und getrunken hatte. Plötzlich rief sie mich: Ich solle ihr doch bitte einen Kaffee und ein Sieben-Minuten-Ei bringen. Verblüfft tat ich, wie mir geheissen. Die Frau nahm das Gebrachte zu sich und wünschte anschliessend, ich möge ihr noch die Haare frisieren. Danach bat sie mich, einen Pfarrer für die letzte Ölung zu rufen. Aber da passierte das Malheur: Der Pfarrer weigerte sich zu kommen, weil die Frau keine Kirchensteuern bezahlt hatte. Er würde dann nach dem Tod alles regeln, versprach er. Also ölte ich die Frau selbst. Da lag sie dann wie eine Prinzessin, vorbereitet für das grosse Fest. Wir sassen zwei Stunden in der dämmrigen Stille.

Plötzlich nahm ich unmissverständlich wahr, wie jemand Drittes sich zu uns gesellte. Die Sterbende tauchte aus ihrem Schlummer auf und blickte mit weiten, hellen Augen in etwas hinein. Das ist meist der Moment, wo die Sterbenden mächtig auszuatmen beginnen, als ob sie ihr ganzes Leben losliessen. Zuletzt wird ein Schleier abgezogen – das Leben weicht aus dem Leib in diese umfassende Leuchtelandschaft hinaus.»

«Leuchtelandschaft?»

«Im Augenblick des Todes siehst du als Sterbebegleiterin oftmals Lichtphänomene, als ob gewaltige Energien aus dem Körper entwichen. Das ist ein bekanntes Phänomen in der Sterbeforschung. Zurück bleibt eine feierliche Geburtsstimmung und grosse Dankbarkeit, denn die Sterbenden lehren uns etwas, was nicht von dieser Welt ist.»

«Und all die Schmerzen und das Leiden beim Sterben?»

«Es gehört dazu. Menschliche Zuwendung ist das beste Opiat! Manchmal lese ich Volksmärchen vor, weil in ihnen tiefe Weisheiten über Leben und Tod drinstecken. Ich kann auch still lesen. Es erreicht die Sterbenden dennoch, weil die Todesnähe ihnen ein erweitertes Gehör schenkt. Wiegenlieder wie für Kinder zu singen beruhigt ebenfalls, weil ihre Melodien die Traumgegend berühren. Körperliche Berührung kann helfen, zu signalisieren: Ich bin bei dir, du bist nicht allein.»

«Aber das Schicksal kann einen Menschen oft höllisch einschüchtern.»

«Vielleicht ist das Schicksal immer gut, und es gibt immer eine umfassendere Sichtweise auf jedes einzelne Erlebnis. Das ist während des Lebens schon so, etwa beim Zurückblicken auf gewisse Lebensabschnitte, die zum erlebten Zeitpunkt völlig unverständlich schienen. Wie viel mehr wird da wohl der Tod an zu engen Horizonten wegräumen und dich womöglich auf einem Dreihundertsechzig-Grad-Aussichtsturm postieren? Dann wird es keinen Totenrichter geben, der dich verurteilt. Der einzige Richter wirst du selbst sein auf deinem Rundum-Aussichtsturm über deinem Lebenspanorama.»

Emily muss an Arianes Nahtodberichte denken, in denen Zurückgeholte eine umfassende Schau auf ihr Leben schildern. Sie erleben darin sämtliche Gefühle und Folgen, die sie in andern Menschen verursacht haben. Daran knüpfe sich unweigerlich der Wille, Verletztes zu heilen und Getrübtes zu klären. Was wohl Schiwago nach seinem Tod gesehen hat? Und als ich ihn ankleidete, hörte er dann meine Gedanken? Laut sagt sie: «Ich frage mich immer, welche Gedanken eigentlich passend sind, wenn ich mich einem Verstorbenen nähere.»

«Was würdest du dir wünschen, was man dir auf die Reise mitgibt?»

Emily denkt nach. «Vielleicht das, was ich in andern an förderlichen Gedanken und Gefühlen angeregt habe. So hatte mein Leben wenigstens einen Sinn.»

Die Autobahn kommt ihr wie eine Narbe in der Landschaft vor. Emily fühlt sich vor Erschöpfung, als hätte sie das Bewusstsein eines Toten: schwebend im Raum ausgebreitet. Noah hat ihr ans Herz gelegt: «Geh nicht über die Grenzen. Das machen dann die Sterbenden. Sprich deine Bedürfnisse aus! Dann ist allen gedient.»

Ja, man darf sich selbst nicht im Stich lassen. Sie drosselt die Fahrgeschwindigkeit. Liebe deinen Nächsten wie dich selbst … In der Einsamkeit lungern viele Nächste – aber wer von denen ist man selbst?

Es ist ihr, als befördere sie ein schlafendes Unglück. Es hockt auf dem Rücksitz und döst. Wann wird es erwachen? Sie beschleunigt wieder, als ob sie dadurch dem hinteren Teil des Autos mit der unglücklichen Fracht davonbrausen könnte.

Einen Moment lang scheint ihr, sie fiele aus der Zeit heraus in ein schwarzes Loch hinab, das lauernd auf die Ereignislosen wartet. Vielleicht passiert jetzt doch etwas Entscheidendes? In ein paar Sekunden würde es so weit sein. Die Spannung steigt ins Unerträgliche. Aber sie schlittert mit der Aufmerksamkeit daran vorbei – was auch immer ‹es› war.

Die Autobahnnarbe fühlt sich jetzt wie ein dröhnender Fluss an, ihr Auto ein zerbrechlicher Kahn. Sie krallt ihre Finger mit Durchhaltekraft in das gummige Steuerrad und ist heilfroh, als sie endlich bei Noah einbiegt.

Dort liegt ein Toter auf der Bahre. Die Welt verläuft somit noch in ihrem gewohnten Kreislauf. Noah ist mit dem Leichenauto zum Arzt gefahren. Auch das ist irgendwie normal.

Nachdem sie den Toten versorgt und Papierkram erledigt hat, meldet sie sich frühzeitig ab und fährt im Kahn über die Wassernarbe wieder nach Hause, wo sie schnurstracks unter die Decke schlüpft. Ihr Bett treibt weiter über endlose Gewässer, bis der Schlaf ihr Land schenkt – Traumland.

Sie hat an die fünfzehn Stunden geschlafen. Als sie aufsteht, ist ihr Kahn kurzzeitig wieder ein Auto, und sie kaut normalisiert ihr Butterbrot zum Frühstück. Es ist nichts passiert. Alles nur Ereignistäuschung. Die Wirklichkeit trottet lahm vor sich hin in ihrer standardisierten Schnödigkeit. Welche Wirklichkeit eigentlich?, fragt sie sich.

Da schellt das Telefon: Rolf beginnt stürmisch über verschiedene Wirklichkeiten zu referieren, und Emily denkt perplex: Jetzt brüte ich über Wirklichkeiten, und dann ruft einer an und hält mir einen Vortrag darüber. Die jungsche Synchronizität in Aktion!

Währenddessen fährt Rolf unbeirrt fort: «In einer tiefer liegenden Wirklichkeitsschicht sind wir alle verbunden. Dort wird ausgetauscht, was das Zeug hält. Alle wissen alles von allen. Da gibt's kein Versteckspiel mehr.»

«Wie unangenehm!»

«Im Gegenteil, optimal! Die vollkommene Authentizität. Dort liebt jeder jeden.»

«Das auch noch!»

«Man glaubt, nichts passiere, aber auf einer anderen Wirklichkeitsschicht überschlagen sich die Ereignisse.»

«Das nützt mir gar nichts, wenn ich dort ein Schlafwandler bin.»

«Wart's nur ab! Was sich auf der einen Wirklichkeitsschicht vorbereitet, schlägt alsbald auch in anderen Realitäten Wellen. Bei solchen Wasserverschiebungen bleibt keiner trocken!»

«Jetzt kommst du auch noch mit dem Wasser!»

«Liegt soeben eine jungsche Synchronizität vor?»

«Was?! Das ist jetzt schon die dritte während dieses Telefonats.»

«Siehst du, meine verbundenen Wirklichkeiten haben Bestand», zieht Rolf stolz Fazit.

Ergeben hängt Emily auf. Sogar nach Schiwago zu fragen, hat sie verpeilt.

Draussen vor dem offenen Fenster schwebt eine weisse Feder – nicht etwa abwärts, sondern aufwärts.

«Die Toten haben es gut. Bei denen ist wenigstens etwas Durchgreifendes passiert.»

«Das Durchgreifende passiert meistens anders als erwartet. Da brauchst du nicht gleich zu sterben», kontert der sterbenskranke Noah fröhlich.

Sie vertieft sich in ein Urnengesteck und betritt nach getaner Arbeit für eine Atmosphärenveränderung den Raum der Stille. Das Dämmerlicht, die besänftigende Wanduhr, der Weihrauchduft …

Aber wer liegt denn da?! Auf dem Holzkreuz neben dem Katafalk steht ihr eigener Jahrgang, was ihr ein Schaudern einjagt. Im Kerzenlicht beugt sie sich über die Tote, während ein Schock ihre Glieder durchquert. Die Frau sieht aus wie sie! Wie angenagelt starrt sie in das farblose Gesicht, in dem sie sich selbst sieht und gerät in einen Strudel. In ihrem Innern verschlingen sich verschiedene Wirklichkeiten zu einem kaleidoskopartigen Gebilde, das sich dreht – immer schneller und kreischender.

«Was machst du hier?!», fährt sie die Tote an. «Ich will nicht, dass du hier liegst! Steh auf! Du hast noch zu tun!» Ein Wasserfall von Verzweiflung stürmt über sie herein. «Steh auf! Geh hinein ins Leben!»

Der Verzweiflungssturzbach nimmt zu. Da entschlüpft ein Satz einem längst verschollenen Kinderrepertoire. Vielleicht ist es ein Zwerg gewesen, der dies einem Prinzen geraten hat, sie weiss es nicht mehr genau: «Im Strudel, kämpfe nicht! Lass dich getrost fallen!» Das tut nun auch sie, und plötzlich strömen befreite Gedanken mehrdimensional durch weite Räume. Eine gestaute Fixierung löst sich. Emily schwimmt in einem gezeitenlosen Meer aus Wille und Mut.

«Ich glaube, ich habe in der Verstorbenen eine Parallelmöglichkeit meiner selbst gesehen», reflektiert Emily wieder in ihrer gewohnten Umsicht, während Noah ihr ein zünftiges Stück Entrecote reicht. Dazu Basmatireis mit Sauce.

«In deinem Alter hat man oft eine Begegnung mit dem Tod», sagt er verständig. «Der Todesengel vom Ende des Lebens schaut mal kurz rein, wie man so in der Mitte des Lebens unterwegs ist.»

Emily leert ein halbes Glas Wasser und bedenkt: «Das Leben ist eine Krise – daher hangelt man sich von Entscheidung zu Entscheidung. Das *ist* bereits das Entscheidende. Und das Tröstliche an der Sache: Irgendeiner in dir weiss mehr als du selbst. Was soll man sich da noch sorgen?» Plötzlich zuckt sie zusammen. Auf dem Tisch erspäht sie die Fotos des toten Schiwago. «Du hast sie ausgedruckt?»

«Ist mir doch schon lange aufgefallen, dass dich der Kerl nicht mehr loslässt.»

«Was hat dich eigentlich damals so stutzig gemacht bei seinem Anblick?»

«Dieser Mann ist mir nicht wie ein Getöteter vorgekommen. Eher wie ein in sich selbst Gequälter. Aber sag das mal einem Kriminalmediziner! Er würde sich über deine Gefühlseindrücke zu Tode lachen.»

Auf dem Heimweg kommt ihr ein älterer Herr entgegen. Anzug, weisse Locken. Er knickt beim Gehen immerzu auf einer Seite ein, doch hält er sich aufrecht und tappt tapfer auf dem schmalen Weg dahin.

Ecce homo – das ist der Mensch, denkt es in Emily. Und was ist die Aufgabe des Menschen? Sie braucht bloss diesen Herrn anzuschauen, und die Antwort wird in sie hineingedacht: Sich im Gleichgewicht halten zwischen allen bedrängenden und verführenden Kräften und zukunftsgerichtet vorwärtsschreiten (auch wenn es masslos lange dauert). Und irgendwann passiert es: Es kommt dir eine Antwort entgegen!

Während sie sich auf dem viel zu engen Weglein kreuzen, stehen sie beinah Brust an Brust für eine erschreckend lange Sekunde.

Zu Hause wieder einmal eine Studentenküche voller Chinesen. Mandaringeplätscher – ein Sich-Entlangkauen an Ursilben. Manchmal auch wie ein Schmetterlingsflügelschlagen: ein zierliches Gefecht um Silben. Emily setzt sich dazu und bekommt ganz selbstverständlich eine Schale durchsichtige Ware mit Seetangverzierung hingestellt, während um sie herum weiter mit dem Mund Ursilben ausgesägt werden. Kauend lacht Emily mit, ohne ein Wort zu verstehen. Es macht nichts. Sie gehört dazu, ist eine von ihnen. Weit weg die Autobahnnarbe, weit weg der Todesengel und das

Plantschen im Krisenfluss. Sie schwimmt einfach mit im Chinesenplätschern und dem unfassbaren Ursilben-Schleudern aus vergnügten Gaumen.

In ihrem Zimmer hat Jared an den Spiegel einen Zettel gehängt:

> Manchmal passiert es still und leise.

Der Bach draussen scheint fröhlich zu lachen. Emily lacht befreit mit.

9. Na und?

Es scheint Emily, als ob Noahs Pendeluhren häufiger die Viertelstunden schlagen würden als früher.

«Das weisse Tierchen krebst motivierter vorwärts als ursprünglich gedacht», hört sie Noah neben sich sagen. «Der Tod führt die Ärzte gern an der Nase rum.»

Emily schaut traurig zu Boden.

«Schau, es geht ums Annehmen. Auch wenn du eine Diagnose gefasst hast, blase keine Trübsal! Die entscheidende Frage lautet jetzt: Wie schaust du zurück? Hast du gelebt? Hast du etwas gelernt? Schaffst du es, zufrieden zu sein? Alles, was einem im Leben passiert ist, muss man auch umdeuten können. Die verschiedenen Lebenswirklichkeiten durchdringen einander wie wabbelige Schichten. Dein Blick bestimmt schliesslich deren Farbton. Und am Ende stirbst du sowieso am Leben.»

Schon wieder ein Viertelstundenschlag.

«Haben dich die Toten verändert während der vielen Jahre in deren Gesellschaft?», will Emily wissen.

«Natürlich, und nur zum Guten! Der Tod hat mich einen anderen Umgang mit der Zeit gelehrt.»

Just in dem Moment vermeint Emily die Pendeluhren ticken zu hören, aber als sie hinhorcht, ist es still.

«Die Zeit», fährt Noah nachdenklich fort, «sie ist das Kostbarste, was du hast. Die Gesundheit, das Leben an sich, nichts ist selbstverständlich. In einer Minute könntest du tot sein. Der Tod ist ein Brutalo oder ein Erlöser. Je nachdem wo du stehst. Er rüttelt dich auf und lässt dich die Schönheit des Lebens wertschätzen. Gibt es denn einen grösseren Lehrer als der Tod?»

Zur Feier des Alltags holt Noah einen teuren Wein aus dem Keller. Jeder Tag ist jetzt ein Feiertag. «Lieber zufrieden sterben denn als Asket, was dein Leben doch um keinen Tag verlängert», meint er dazu nur.

Emily ist neugierig: «Weisst du den Spruch schon für deine Todesanzeige?»

«Derzeitiger Stand: ‹Na und?›»

«Dein Spruch ist ‹Na und?› – voll wahr?»

«Voll! Schau, in diesem Ordner hier sind alles vororganisierte Bestattungen. Auch von jungen, kerngesunden Menschen. Ausgestaltete Todesanzeigen samt Sprüchen, Abdankungsreden, Fotos, selbstkomponierte Lieder für die Kirche und sogar von Hand angeschriebene Couverts für den Versand der Todesanzeige. Selbstverständlich jederzeit revidierbar. Ach, und hier haben wir noch eine Liste der Menschen, die bei dieser Person fürs Leidmahl eingeladen sind.»

«Leidmahl?»

«Ehemals Leichenmahl, aber brrrr! Das klingt zu arg nach Kannibalismus. Angemessener ist ‹Leidmahl›, wobei dies für einige auch eine Erlösungsparty sein kann. Polizisten lege ich gern ans Herz, den Angehörigen doch nicht zu sagen: ‹Die Leiche ist noch nicht frei.› Ja ist sie denn gefangen? Herrgott, probiert doch eine andere Sprache!»

Noah blättert sich weiter durch die vorbereiteten Nachtodeswünsche.

«Oh, hier haben wir eine originelle Tatsache: Eine Person hat mir gleich schon die Kleider gebracht, die sie im Sarg tragen will. Die sind jetzt oben auf dem Dachboden in einer Kiste zusammen mit den CDs, die während ihrer Aufbahrung abgespielt werden sollen. Auf dem Dachboden bewahren wir sogar eine grosse Marienstatue auf, die eine Frau in ihren Grabstein integriert haben will. Andere haben bereits ein Konto eingerichtet, über das ich nach ihrem Tod verfügen kann.»

Er steht auf, holt ein Kalbsfilet aus dem Kühlschrank und schenkt neuen Wein aus.

«Es ist eine Mär, zu erzählen, man hätte keine Zeit. Jeder hat gleich viel Zeit während einer Stunde. Aber *wem* schenkst du deine Zeit?»

Kontemplativ zieht er an seiner Pfeife, während er das Fleisch zubereitet. «Jetzt erzähle ich dir eine Geschichte, die so verrückt ist, dass sie nur die Beteiligten kennen. In diesem Raum stand noch eine vierte Pendeluhr, die meiner verstorbenen Mutter gehört hatte. Wenn hier im Wohnzimmer dicke Luft herrschte, schlug das Pendel dieser Uhr plötzlich bis ans Holzgehäuse hinaus, anstatt seiner normalen Bandbreite entlangzupendeln. Stell dir vor: Da bist du emotionell aufgeheizt, und auf einmal tickt auch noch die Uhr aus! Ein grosses Porträt meiner verstorbenen Mutter hing neben der Uhr. Eines Tages realisierte ich, dass die übermütige Uhr mit meiner Mutter zu tun haben musste. Mitten in den Zoff hinein fragte ich: ‹Mutter, was ist?› Augenblicklich beruhigte sich das Pendel. Auch ein ‹Vater Unser› besänftigte es jeweils, fanden wir heraus. Aber wem willst du das alles erzählen? Da kommst du direkt in die Irrenanstalt!»

Emily sieht sich suchend im Raum um. «Wo ist die Uhr jetzt?»

«Irgendwann wurde es uns zu geisterhaft mit der klopfenden Mutter. Ich hängte ihr Porträt ab und verschenkte die Uhr einem meiner Söhne, der nichts von all dem weiss. Ich hoffe, er hat Ruhe.»

Mitten am Nachmittag essen sie ein Festmahl mit dem zartesten Fleisch und erlesenen Beilagen aus dem Wallis.

«Treffe ich dich auf der anderen Seite wieder?», fragt Emily kauend.

«Vielleicht in einem anderen Kostüm? Oder ganz blutt? Ich hoffe doch, dass es da drüben anders zu- und hergeht als hier. Oder willst du etwa bis in alle Ewigkeiten dieselben Köpfe sehen? Da könnte man genauso gut für immer auf der Erde bleiben.»

«Um Himmels willen!»

«Irgendetwas von unserem Kern geht weiter. Geist ist Energie, und Energie kann nicht verloren gehen, sie verwandelt sich in etwas Neues.»

«Hast du Angst vor dem Tod?»

«Wie sollte ich?» Sie lachen beide. «Jeder trägt den Tod in sich. Die spannende Frage ist: Wie kommt der Kerl über dich? Spickt er dich mit einem Handklatsch aus dem Kokon raus? Oder hast du noch eine Freundschaft mit ihm einzugehen, bevor er dich weiterbefördert? Der Tod ist immer drei Schritte hinter dir. Hab deshalb keine Angst, sondern nütze den Vorsprung und lebe!»

Emily denkt: Wenn dir die Ewigkeit den Nacken krault, scheint die Zeit aus ihren Fugen zu geraten.

Da fragt Noah direkt: «Wie möchtest *du* sterben?»

«Früher am liebsten auf einen Klapf. Fertig, aus und nix mehr. Jetzt gerne in einem gemächlicheren Prozess, weil es mich interessiert, wie es ist, zu sterben. Wir sind furchtbar fixiert auf die körperlichen Symptome, die der Tod verursacht. Aber der Geist macht doch beim Sterben auch eine Erfahrung durch – eine Befreiung aus einem engen Kokon. Deshalb will ich intensiv sterben. Wie ich gelesen habe, zeichnen die meisten aktuellen Forschungen über Sterben und Todesnähe ein völlig neues Bild vom Tod. Da steckt sehr viel Trostspendendes drin, was dem Sterbenden seine Angst abnehmen kann. Solche Dinge hätte ich gern schon in der Primarschule gelernt.»

«Wem sagst du das! Wenn du ja sagen kannst und auch der Tod in deinen grossen Armen Platz hat, stirbst du heil. Und weisst du was? Das Leben ist schön, Emily, das Leben ist schön.»

10. Zukunftsvertraut

Noah stirbt an einem fröhlichen Frühlingstag nach Ostern. Im lauen Wind sehen die verspielten Wiesenblumen aus wie farbige Windrädchen.

Als sie alleine in den Raum der Stille hineingeht zum aufgebahrten Noah, ist ihr, als träte sie in eine Kraftwolke hinein. Sonst ist alles wie sonst. So wie es immer war. In diesem Sinn lautet auch Noahs Endfassung seines Todesanzeigespruches: ‹Ist was?›

Ein Taschentuch voller Tränen. «Ein bisschen darf man, Noah. Es soll dich nicht stören.» Trauern ist gesund, sofern man auch wieder aufhören kann, hat er ihr mal erklärt. Sie hält seine Hand.

«Ja sagen können, Emily», hört sie in sich seine Worte. «Ja sagen können zu dem, was du nicht ändern kannst, auch wenn es himmeltraurig ist. Das hat mir immer geholfen im Leben. Sei es eine gescheiterte Ehe, ein nicht aufgegangener Plan, eine missglückte Prüfung oder ein Todesfall. Sag ja, dann geht es dir leichter im Leben. Und bedenke: Was der Verstand von heute auf morgen einsieht, muss das Herz lange lernen.»

Anstatt Weihrauch oder *Blumenwiese* zündet Emily ein Schälchen von Noahs Tabak an. Der kräuselnde Rauch hat ihm stets eine Geschichte aus seinem Lebensfass entlockt.

«Noah, ich verdanke dir, dass ich die bin, die ich heute bin.»

Sie nimmt nochmals seine Hand, als würde sie ihr eigenes Leben in die Hand nehmen. Fest und selbstsicher.

«In deiner Arche schwimmst du einem Neuanfang entgegen. Wo das sein wird? Das weisst nur du. Und ja, du hast recht: Das Leben ist schön. Irgendwie schon.»

In ihrer üblichen Formation sitzen die Studenten vor dem Wohnheim, um sich einen heftigen Sonnenuntergang reinzuziehen. Es wird noch dauern, bis die Edle den Horizont verlässt. Haitao schält eine Banane, während Jared verliebt seine Gitarre massiert. Serena kritzelt lustlos Sonnenbrillen aus den sechziger Jahren auf ein Trambillett. Emily malt mit einem Ästchen Särge in den Kiesboden.

Vor lauter Langweile kommt plötzlich eine heissblütige Diskussion auf, ob der Mensch lernfähig sei oder nicht. Es gäbe schliesslich so viele Kriege wie noch nie zuvor! Hat also der Mensch überhaupt nichts gelernt? Oder dauert die menschliche Entwicklung einfach absurd langsam, so dass sie nicht bemerkt werden kann?

Man einigt sich schliesslich aufs Fazit: Der Mensch lernt aus seiner Geschichte, dass er nicht lernfähig ist. Also ist er doch lernfähig. Wobei … Sie verstricken sich erneut in philosophischem Getue und verpassen deswegen den Sonnenuntergang vor ihren Augen.

Diese Tatsache entfacht eine weitere Diskussion: Was ist realer, ein Gedanke oder ein Erlebnis? Mit Wortgewalt versucht Jared den andern schmackhaft zu machen, die realste Wirklichkeit sei das Erleben eines Gedankens. Serena macht ihm mit Goethes Farblehre den Garaus. Haitao donnert nach, konkrete Handlungen brächten den realsten Sinn hervor. Emily nimmt wie gewohnt alle Worte in sich auf und denkt: Die lebendigste Wirklichkeit lebt in Todesnähe.

In der Ermitage in Arlesheim: eine Parkbank in der Sonne, ein neongelber Schmetterling, eine Chipstüte. Rolf ist zufrieden. Und doch auch nicht. Er philosophiert vor sich hin: «Schau, wie hübsch die Erde gestaltet ist, aber kommst du auch nur ein bisschen an sie ran? Du prallst brutal an ihrer Oberfläche ab. Sägst du die Oberfläche in Stücke, um hineinzuschauen, triffst du doch nur auf neue Oberflächen. Teilst du unter dem Mikroskop immer weiter, lösen sich die Oberflächen allmählich in Nicht-Materie auf. Ein gigantisches Spiel von Kräften.

Dein Blick verliert sich also irgendwann im weissen Nichts, weil es keine Oberfläche mehr gibt.» Er kracht extra laut mit seinen Kartoffelchips. «Du wendest deinen Blick nach innen, um eventuell dort deinen Horizont zu erweitern. Aber die wahren Seelenprozesse laufen klammheimlich an deinem Bewusstsein vorbei, so sehr du auch beim Psychiater grübelst.

Selbst die Muskeln und Organe verschliessen dir die Tür. Oder warst du schon mal aktiv dabei, wie Chips in Energie umgewandelt wurden? Auch die Zeit macht irgendwo einfach dicht, und deine Erinnerung verliert sich im schwarzen Nichts. Unser Alltagsbewusstsein lebt buchstäblich in engen Grenzen.»

Emily überlegt einen Moment. «Die Toten winden sich aus diesem Alltagsbewusstsein heraus. Vielleicht ziehen sie sich hinter die Wahrnehmungs- und Erinnerungsgrenze zurück.»

«Gut möglich.» Rolf zerknüllt die leere Chipstüte und summt ein Lied. Seit neuem engagiere er sich regelmässig in der Klostergemeinschaft Taizé, weil er deren Gesänge liebe. Früher habe er im Zürcher Opernhaus bei den Sängerknaben mitgewirkt. Eigentlich hätte er Opernsänger werden wollen, aber dann sei das Zeitalter der Computer ausgebrochen. Da habe er nicht nein sagen können. Die Kisten hätten ihn regelrecht geküsst.

Als Jugendlicher sei er leidenschaftlich gern in der Kirche beichten gegangen. «Mein Gott, auf Wolke sieben kam ich rausgeschwebt, so federleicht vor Hoffnung war mir. Im Nachhinein muss ich zugeben: Ich war beichtsüchtig. Aber mit der Zeit weiss man nicht mehr, was man dort in der Zelle vor dem Gottesmann noch abladen soll. Wenn du immer den gleichen Müll entrümpelst, bleibt die Ekstase mit der Zeit aus. Du kannst ja nicht einfach die Dosis erhöhen, indem du eine Bank überfällst, so dass die Ekstase nach dem Beichtgang umso intensiver ausfällt.

Mit den mantrischen Taizé-Gesängen brauchst du keinen Beichtstuhl mehr. Du singst dich selbständig in einen Flow-Zustand hinein und brauchst nicht mal mehr einen Psychiater.» Er schnappt sich einen Kaugummi und fügt nuschelnd bei: «Unser lieber Doktor Schiwago hat zumindest auch seine Ruhe gefunden vor den stochernden Ermittlungsbehörden.»

«Weisst du Neues?»

Er lächelt: «Ich weiss alles.»

«Was?! Warum sagst du mir nichts? Rück raus!»

«Mein Liebster würde mich umbringen, wenn ich mit einer losen Zunge ein Leck ins verschwiegene Burghölzli schlage. Aber du gehörst ja auch zum Club der toten Dichter, da wird das nicht so schlimm sein. Unser Schiwago hat wohl eindringliche Gedichte hinterlassen, die erst jetzt zum Vorschein kamen, samt einer ansehnlichen Erbschaft: und zwar einem zünftigen Arsenal an Pentobarbital! Weiteres Beweismaterial tauchte in Tagebucheinträgen einer Patientin auf, die vor den Zug gegangen ist. Der Fall ist nun klar.»

«Nun sag schon, was ist denn wirklich passiert?!»

«Also: Der Gute hat einer depressionsgemarterten Patientin zum Freitod verhelfen wollen, weil er zu viel Mitgefühl für ihr Leid empfand. Er schenkte ihr also tatsächlich ein Fläschchen reines Pentobarbitalpulver. Selbst war er aber zu feige, bei ihrem Tod dabeizusein, weil es ihm zu nahe gegangen wäre.

Die Patientin gab eine Party. Die Gäste glaubten, es handle sich um eine Geburtstagsparty. In Wahrheit handelte es sich aber um ihr Abschiedsmahl. Nach dem Abgang der Gäste wollte sie das Gift einnehmen, aber das Fläschchen war verschwunden! Ihre ebenso von Depressionen geplagte Schwester hat es aus dem Spiegelkästchen im Badezimmer entwendet und sich an ihrer Stelle das Leben genommen. Die Patientin selbst hat sich einige Wochen danach vor den Zug geworfen. Das war zur selben Zeit, als wir zusammen in der Psychi hausten.

Die Gedichte Schiwagos weisen offenbar auf ein dramatisch gequältes Gewissen hin, da er den Tod zweier Menschen verursacht hat – wenn auch in bester Absicht. Er verdrehte die Goldene Regel: ‹Behandle andere so, wie du von ihnen behandelt werden willst› machte er zu ‹Wie du andere behandelst, so behandle dich selbst›. Für ihn bedeutete dies konsequenterweise: Suizid.»

«Heftig! Wo hatte er eigentlich das Pentobarbital her, wenn nicht vom Schwarzmarkt?»

Rolf zuckt mit den Schultern. «Vor dem Sterbehilfeboom war es möglich, ohne grössere Regulierung an das Medikament heranzukommen. Bis Anfang der neunziger Jahre konnte sich jeder Mediziner hemmungslos in den Apotheken bedienen. Du kannst sicher sein: Noch mancher Arzt legte damals ein Depot an, das er bis heute verwahrt. Das Zeug ist schliesslich lebenslänglich haltbar. Und Schiwago entstammt dazu noch einer Ärztedynastie. Die Familie hat ihm vermutlich einen gehörigen Bestand davon vererbt.

Ach, und das Wichtigste habe ich beinahe vergessen: Den ausschlaggebenden Hinweis verdanken die Bullen Ariane! Ihr hat die Bullenüberwachung dermassen zugesetzt, dass sie ausgerastet ist und geschrien hat: ‹Nehmt doch mal den ollen C. G. Jung in der Besenkammer auseinander!› Darauf stiegen die Bullen in den Keller und demontierten Jungs Möbel. Tatsächlich! In einem Rückfach einer verstaubten Kommode fanden sie Schiwagos giftige Erbschaft samt seinen Gedichten versteckt.»

Emily ist erleichtert. «So ist Ariane von der scheinbaren Mörderin zur Kommissarin aufgestiegen!»

«Sie würde sich mit ihren scharfen Augen sicher ausgezeichnet als Ermittlerin machen. Manche Menschen werden eben unterschätzt …»

Was mit einem einfachen, chinesischen Frühlingsfest auf dem Goetheanumgelände angefangen hat, weitet sich im Laufe des Abends zu kosmopolitischer Geselligkeit aus. Immer mehr Bewohner des internationalen Studentenheims stossen dazu. Durcheinander in verschiedenen Sprachen schwatzend tragen sie Gerichte aus ihren Ländern heran. Die Düfte der Welt vermischen sich durch Curry, Chili und Rosmarin.

Emily war in den letzten Jahren zu müde und einsam, um eine Reise zu unternehmen. Nun bemerkt sie mit freudigem Erstaunen: Weil sie nicht in die Welt hinausziehen konnte, ist die ganze Welt zu ihr gekommen. Jede Entbehrung im Leben findet einen Ausgleich.

Sie spielen russisch, singen spanisch und tanzen griechisch. Währenddessen fährt unten an der Strasse feierlich ein Leichenwagen durch.

Der Bach und der Kirschbaum vor ihrem Fenster. Vielleicht bald wieder eine Spinnenfreundin an der Decke über dem Bett. Die gemütliche Studentenküche – meistens gefüllt mit munteren Asiaten.

Demnächst wird in Emilys Korridor etwas Bleibendes passieren: Alle Bewohner ziehen aus.

Jareds Freundin ist in Erwartung. Er wird mit ihr zusammen in ein Appartement ziehen. Möbel für ein ganzes Haus hat er bereits auf der Strasse ‹zum Mitnehmen› eingesammelt. Den Blues nimmt er selbstverständlich mit. Auch die Freimaurerei hat immer Platz bei ihm: Er wird weiterhin an sich selbst rummeisseln wie ein Steinmetz, der aus seiner Seele ein Kunstwerk herausholen will. Der Hammer im Symbol helfe, die falsch aufgebaute Persönlichkeit abzubauen und zu Authentizität vorzudringen, meint er. «Schüttle die Vergangenheit ab wie eine fusselige Kutte, die nichts mehr taugt!»

Sein Lebensprojekt sieht er in Gedanken schon deutlich vor sich: Er möchte an der Universität tätig sein und etwas vom lebendigen Denken, das er während seiner spirituellen Suche erfahren hat, in die spröde akademische Welt bringen und mit dieser verbinden. «Wissen bewässern», nennt er das. Und weiter geht sein herzerwärmender Blues auf dem Balkon in der Sonne.

Serena wagt einen Tapetenwechsel nach Paris ins Künstlermilieu. «Jede echte Sehnsucht findet eines Tages Erfüllung.» Darüber ist sie sich gewiss.

Und Haitao plant mit Schülern eine Bewusstseinskampagne über die schädliche Wirkung der Wi-Fi-Strahlung auf Menschen, Tiere, Pflanzen. Todesstrahlen.

Im Herbst reist er zurück nach China, um sein Wissen um den Menschen in den Schlupflöchern des Systems einzusetzen, dort also, wo im Verborgenen eine zukünftige Kultur heranwächst.

Mit diesen drei jungen Menschen habe ich einen Lebensausschnitt verbracht, denkt Emily etwas wehmütig. Aber nichts stirbt, alles verwandelt sich.

Sogar Doktor Schiwago. «Zumindest als Toter hat er doch noch die Wandlung hin zum Dichter vollzogen», berichtet Rolf aufgeregt am Telefon. «Es stellt sich heraus, dass er tatsächlich ein – vielleicht zu – sensibler Poet war und nicht ein abgebrüht-souveräner Psychiater, was sonst Vorschrift ist in dem Metier.

Seine literarischen Hinterlassenschaften über die Erfahrungen der Seele an der Schwelle zu anderen Wirklichkeiten im ganz normalen Alltag wurden als Buch herausgegeben. Scheint ein hitverdächtiger Knüller zu sein. Verrückt! Alle reden vom Buch, aber der Verfasser ist gar nicht mehr da.»

«Wusst ich's doch, dass er ein Poet ist!», ruft Emily begeistert.

Noch einmal hat Emily bei Noahs Sohn Verstorbene gepflegt. Himmelfahrt liegt in der Luft. Und manchmal Traurigkeit – eine von vielen Identitäten.

Sie fasst in die Hosentasche und fischt ein Zettelchen von Ariane heraus, worauf diese ihr einen Rilke für traurige Momente aufgeschrieben hat:

> Wäre es uns möglich, weiter zu sehen, als unser Wissen reicht, vielleicht würden wir dann unsere Traurigkeiten mit größerem Vertrauen ertragen als unsere Freuden. Denn sie sind die Augenblicke, da etwas Neues in uns eingetreten ist.

Emily lächelt. Der Poet hat ihre Erfahrung in Worte gefasst: Etwas passiert – nicht äusserlich, sondern innerlich.

Der alte Mann auf dem Rollator beim Dorfplatz hebt seine wächserne Hand zum Gruss. Emily winkt zurück.

Eine mondschmierige Nacht. Erinnerung wird zu Gegenwart. Der herbe Geruch von Noahs Pfeife. Seine hallenden Worte in Emilys Gedanken: «Wenn ich die Milchstrasse gewaltig über mir sehe, ihre Intelligenz, Mathematik und Präzision, wird mir bewusst, dass es eine Macht gibt, die die unsere an Grösse und Weisheit übersteigt, und zwar in einem Ausmass, das man nicht einmal im Massstab von Äonen ausdrücken könnte. Als Mensch schabst du dich täglich deinen engen Grenzen entlang und merkst: Ich bin ein Furz. Und doch gibst du dir Mühe und willst die Sterne beeindrucken. Das ist gut so.»

Die Nacht schweigt. Vielleicht, um die wesentlichen Dinge der Vergangenheit zukunftsvertraut zu machen. Es ist der Dreiklang von Noahs Pendeluhren, der Emilys Aufmerksamkeit kämmt.

«Siehst du es jetzt, Emily?», fragt Noah.

Von Evelyn Reimann bereits erschienen

Die Schicksalsweberei

Entwicklungsroman
2014. 400 Seiten. Gebunden.
Verlag Johannes Petri
ISBN 978-3-03784-038-2

Mutiger Aufbruch aus dem Dazwischen
‹Ich habe keinen anderen Weg als den eigenen.› Dieser Weg hat Alma zur Schriftstellerei geführt. Die junge Frau hadert mit ihrem Schicksal: Sie findet keinen Platz in einer Welt, die sie nicht versteht. Als Romanautorin macht sie sich auf, das Leben zu suchen. Sie begegnet aber zunächst in vielfacher Weise dem Tod, den sie jedes Mal aufs Neue überwinden muss. Ihre Entwicklungsreise führt sie von Jerusalem, durch die Wüste, über die Niederlande bis hin zu Frau Holles Garten, in dem Selbstmörder eine neue Aufgabe erhalten. Sie gelangt ins Reich der roten Zwerge, zu einer traumatisierten Gretel in ihrem Lebkuchenhaus, zum Luftfährmann, der sie über den Abgrund trägt, aber im falschen Jahrhundert ablädt. Schliesslich wird sie zur Gerichthaltung über den eigenen Roman auf den Ölberg geführt und macht die schönste Entdeckung ihres Lebens.

Ein tiefsinniges, humorvolles Buch für Poeten des Zwischenraumes und Sucherseelen, die dem Leben auf eine neue Art begegnen wollen.

Der Verlag Johannes Petri ist ein Imprint des Druck- und Verlagshauses Schwabe, dessen Geschichte bis in die Anfänge der Buchdruckerkunst zurückreicht. Im Jahre 1488 gründete Johannes Petri, der das Druckerhandwerk in Mainz zur Zeit Gutenbergs erlernt hatte, in Basel ein eigenes Unternehmen, aus dem das heutige Medienhaus Schwabe hervorgegangen ist. Mit der ausdrücklichen Bezugnahme auf unseren Firmengründer knüpft der Verlag Johannes Petri an die lange Tradition des Mutterhauses an und bürgt für die von Generation zu Generation weitergegebene Erfahrung im Büchermachen.